耳语苍穹

娜仁朵兰 著

长江出版传媒 长江文艺出版社

黑暗过后，仍以阳光照耀世界（代序）

花　语

娜仁朵兰，是我认识的蒙古族女孩儿里豪爽、大气、聪慧，同时又具有江南女子婉约气质的女诗人。她是 2017 中央电视台"大爱真情"栏目爱心形象大使，资助过 17 个贫困孩子，她的传奇人生经历，铸就了她的慈悲、大爱，她率真直爽的天性，让她在一段痛苦的感情经历之后，仍保持着对这个世界的良善和信任。

一次失败的情感导致的车祸，让娜仁朵兰从花季少女，一下子变成了靠激素注射存活的人，苗条变成了肥胖，花容迅速苍老，但她依然乐观地活着，无私无畏，她把自己的爱、无私献给了那些需要帮助的人。这些年，她一边开公司，一边在中国传媒大学兼职，把挣来的钱用来资助那些贫困的孩子。

娜仁朵兰是一个极具感染力、极其乐观，也非常幽默、会讲故事的人。每次见面，她不经意讲出的小段事，和儿子之间母子同心的趣事，总能引来大伙的一片笑声；但同时，随着生命的沉淀，诗歌无疑成为她发泄苦闷、揭示生命、自我救赎、书写感悟的出口。

即将出版的诗集《耳语苍穹》，收录了她的新作 100 多首，借着分行文字，她说"一切归零/熟睡中的孩童呀/你怎么知道夜的疼痛/你怎么知道母体的安康/你又怎么知道父亲母亲/那蓬勃的身体里流淌着红色的血液/有多少刺痛的忧伤"（摘自《黑色》），她用诗行里真实的担心，在叙说这世界的苦愁、稚嫩与成熟之间的矛盾与悲欢。

娜仁朵兰一方面演示着女汉子的豪爽干练；一方面，又是一个内心澈彻、向往纯真的女子。在经历过一段感情挫折之后，她依然向往真正的爱情。她在诗中写道，"离别的酸楚/在我沾满泪水的眼睛里回旋/独自忍着/离别时的凄凉/转瞬空荡荡的屋子里/只有我一个人/哀愁着/我和蟑螂一起品尝着你留给我的/苦荞麦茶//多想痴痴地/傻傻地/轰轰烈烈地/爱恋一场/可是外面喧嚣的噪音/幽怨而又惆怅"（摘自《离别的酸楚》）。她用文字消解着离愁别绪、泪水、彷徨、悲伤以反衬尘世的喧嚣，对她来说，诗歌是良心棉，也是镇定剂。

娜仁朵兰同时也是锐利的，她在《看戏》里写道："天高云淡/走进海淀剧场/年轻/激情/浪漫/愤青/在这个有着太阳和月亮的地方/一群疯子和一群傻子/成全了剧场/看云舒云展/看人群烂漫/话剧//深得人心/逆转/泪飞天/花满院/五千年的故事/随意编撰"。她说的没错，靠电影电视小说诗歌绘画音乐支撑的人类文明，部分来源于真实，部分源于虚构，虚拟和臆想是思想的一部分，但这个年代很多影视剧脱离现实的虚拍，的确让人哀叹，娜仁朵兰以写实的手法，在批判中反思现实，回顾历史的长卷。

当然，年轻的娜仁朵兰由于工作繁忙，写诗时间不长，诗歌尚存在着拖沓幼稚等不足，但是，相信时间的腰刀，定会为她砍去生活的枝杈、语言的芜杂和内心的陈伤。期待她在青涩中有一次飞腾与兑变！

娜仁朵兰，一个做过主持人、记者、编导、编剧、导演的草原女孩，如艺术草地上的鲜花尽情开放！

多才多艺的娜仁朵兰还曾担任电视剧《锻刀》策划，任电视剧《愤怒的摄影师》策划，编写的电影剧本《北京地下室》正在筹拍之中。我们祝愿善良的娜仁朵兰如她的名字——温暖的阳光，给人间带来更多光明，祝愿她和陆@导演的合作圆满成功，影片大卖，在诗技进步、日臻成熟的同时，收获更加美满的人生！

2018.1.3 于宋庄拈花居

目　录

跳跃的音符

一颗燥热的心
在孤独的夜晚
伴着轰轰的汽笛声
斟满红色的酒杯
遥望你我破碎的心扉

草原绿了
奶茶香了
马儿倦了
你醉卧在羊圈旁

我在看着茅台图片
在品尝泸州老窖的芬芳
爱恋就像一瓶酒
你要用一生慢慢地品尝

酸甜苦辣
甜言蜜语
携手共进
这是在孤独的夜里
扯着撕开的衣角飞扬

我好像看到了酒瓶里
躺着我的裸体
躺着你的灵魂
鼓起勇气把一瓶酒喝了
把历史融入我丰满的胸膛

跳跃的音符
洗刷我肮脏的脸庞
透着一股甘醇的奶酒
洗涤我支离破碎的灵魂
让我在纷乱的世界里彷徨
彷徨而又迷茫

醉了醉了
才有诗酒一般的徜徉
躺在美丽的酒瓶里
跑进所有爱酒文化的肚子里
跳起欢快的钢管舞
刺破带着臭味的香肠

美酒飘在雾霾的上空
醉了空气
醉了胃肠
醉了灵魂
醉了世界的黎明和曙光

跳跃的音符

伴着历史弥漫的芳香

沐 仁

泪水北流
你橘色的心口
颤抖

铁轨撒来了肢体
从缝隙里挣扎
哭泣

时光说
我的过去就是十字架
撕开无题

黑色懵懂月光
熨烫风角飞扬

沐仁
洗礼草原
融入绿色曙光

离别的酸楚

离别的酸楚　在我沾满泪水的眼睛里回旋
独自忍着　离别时的凄凉
转瞬空荡荡的屋子里　只有我一个人　哀愁着
我和蟑螂一起品尝着你留给我的　苦荞麦茶

多想痴痴地　傻傻地　轰轰烈烈地
爱恋一场
可是外面喧嚣的噪音
幽怨而又惆怅
落寞而又迷茫
无奈而又彷徨
想得到你的爱情　就像自由女神像
遥不可及　而又无限遐想

离别的酸楚也让你　流泪
外面的冷风也让你　心碎
有你在　你和我一起面对
把孤独的滋味夹杂在　夜色的星辰里

我爱你　不仅仅是为了抛弃孤独
纯洁的爱情总是在曲折的路上行走
真诚的感情总是在美丽的风雨之后

我的心里有　你冰冷的双手

你的眼里有　我无情的双眸

茫茫人海　相识太晚

你傻傻地看着我　躲避的眼神

我傻傻地爱恋着　别离

我的办公桌上

有你的照片

你灿烂的笑容

才是这世界上最应该拥有纯洁爱情的象征

你的世界　好吗

你的爱情　美吗

你的心里　有谁

这一别离

就是时间的永恒

我已经在你的世界里被完全地融化了

而你　在你的世界里又融化了谁?

离别的酸楚　就像蘸满鲜血的酒杯

遥望着你我　破碎的心扉

我依然虔诚地为你守候

一盏不灭的昏暗灯光
依旧在寂寞小巷子里拼命地闪烁
我依然迈着沉重脚步
赴汤蹈火一般
走进这漆黑的小巷

似乎是无法停止
更似乎是坚定到无法自拔
似乎是忘了这个
曾经在拆迁之前小巷子里发生的可怕的一切

一盏昏暗的灯光
我却飞蛾扑火般涌向了它
好像它微弱的灯光能指引我前进的方向
好像它能宁可破碎自己　　也能让我感到光明和温暖
也好像它能让世界的每一个角落
都有我的歌声和笑声

不管未来是一个什么样的世界
我的世界里
依然坚守着这一盏破旧的灯光

虔诚的守候是我不灭的灵魂

绿　树

绿树
树绿了
花开了
大家聚在树下
喝着香甜红酒
畅谈着美好理想

绿荫下
乘着凉
说着一带一路
享受雨后阳光
年轻人　中国梦

乡村里
狗叫声
孩子们欢笑

我累了
喝点酒
写点诗歌
歌唱人民生活美好

心之锁

打开枷锁里面有什么
是滚烫的热流
还是冰冷的漩涡
我仿佛看到那把绚丽的枷锁后面
有些鲜艳的辉煌

蓝色的门
让我感觉到我走进了大海
大海里有温暖的怀抱和一张幸福的大床

枷锁自由仅仅有一门之隔
门内的人想出来看看外面的世界
门外的人想进去看看里面的世界
究竟是外面的世界五彩斑斓
还是屋内的世界花红柳绿

只有一把金色的枷锁
还有一道蓝色耀眼的门

冲破了
是外面的世界
关上了
是里面的世界

想 你

想你的时候
满山红叶
满心凄凉
满屋子浪漫

想你的时候
肝肠寸断　心慌
满床冰凉
眼睛惺忪　迷茫

想你的时候
你在远方
我在路上
何时　何地　何往

想你的时候
透体发烫
唯有心凉
泪湿衣裳

想你的时候
是谁在遗忘?

苦苦挣扎
你依然在眼前

想你的时候
泪水打湿你的照片
你在何方
能否看到我孤寂　寒窗

想你的时候
我累了
手握你的礼物　玉佛手
梦里面
和你站在一起　看夕阳

父　亲

亲爱的父亲
您坐在草原上
看着碧海蓝天
您骑在马背上
放牧马群　牛群　羊群

您的骨子里只有草原
这是我对父亲的理解
今生您是我的父亲
是我生命中的一首长诗
别无选择　用心读完

小时候
您拿着马鞭抽打着
您是一座高高的山
坐在马背上让我看到远方
有多么遥远

懂事了
我渴望父亲的双肩
您拉着我稚嫩的手
行走在一望无际的天边

告诉我　人外有人　天外有天

后来呀
父亲是我登天的梯子
父亲是那日夜放牧的牛官
父亲是我生活里的奢侈品

再后来呀
我朦胧地记着您　愁眉苦脸
女儿哪能如男儿　豪气冲天
于是我孤单地度过了童年
找不到发黑的牛粪
更找不到您和母亲的容颜

现在呀
我站在北京天安门前
却永远不知道父亲有多遥远
您冰冷的房间
是否也曾有女儿的温暖
您在另一个世界
是否感受得到
儿女对您深深的　怀念

雨中树叶

树叶嫩绿微黄
在雨里伸展着枝腰
扭动着性感的臀部
摸索着自己光滑的脚丫

天一直下雨
树叶在雨中高兴地洗澡
不仅洗头　洗身体
还洗自己的灵魂

雨天对大人来说
有些烦
对孩子却是
蹚水玩耍的好时间
对树叶来说是生命的滋润

不要抱怨
雨天孩子需要
雨天树叶需要
雨天大自然需要

雨天其实

也很美
树叶在风雨中更美

我毕业了（组诗）

写给养子巴图沐仁

1

我毕业了
从刘诗昆艺术幼儿园
我戴上了一个博士帽
心里无限喜欢

在这三年里
妈妈不知道哭了　多少遍
数落我　你就比那死人多口气
什么都不能干

不管怎么样
我毕业了　毕业汇演那天我哭了
不知道眼泪那么不听我使唤
妈妈　老师　家长都哭了
也许大人也有激动的时候

我毕业了

就在幼儿园的后院草地上
我被摄影师折磨着
脸上的汗水　顺着博士帽流了下来
也许我的人生道路上还有流不完的汗水

但我想　争口气
给妈妈一个满意的答案
做个有口气的真正活人
我活着　就是祖国的希望和未来

2

我毕业了
带着三年的生活
我不能忘了　第一天　来幼儿园
我没有哭　妈妈却大哭了一场
因为幼儿园门口　有园长　老师　医生
正在准备着向我宣战

妈妈只是说了一个理由
孩子的生死不用幼儿园来负责
我妈妈签下了让我上幼儿园的生死状
我才知道　我人生道路会如此艰难

我毕业了
在苗老师三年的陪伴下
我跌倒了不到十次

最多是鼻子出点血

但我必须勇敢地面对　面对我残缺不全的生活

只要妈妈还没有放弃我

我就是一个完整的世界

完美的艺术风景线

我毕业了

在刘诗昆艺术幼儿园里

我学到了航天模型

学到了数字游戏

学到了汉语拼音

学到了弹奏钢琴

学到了绘画

学到了手工制作

我更学到了做人的道理

我努力　我的未来会更美好

我毕业了

三年时间里

只有妈妈那笨笨的样子

每天送我到幼儿园　又把我接回到家里

爸爸去哪里了呢

妈妈说　爸爸忙得呀他自己是谁都不知道了

又怎么能记住我生长的每一天

等你长大了就知道爸爸的世界在哪边

我不怕　三年一千多天
还有三姨　老师　幼儿园小朋友的陪伴
我结实了　自己能吃饭　能走路　能听故事　能写自己名字
能看书　能拍篮球　能自己作主见

我毕业了
三年的时光就这样像雨水一样
从我稚嫩的耳畔流过
这是我一生的荣耀和记忆
博士帽里有汗
博士服里将有我一生的眼泪与欢笑

我毕业了
在刘诗昆艺术幼儿园
我将面对我人生的第二步
我有信心
妈妈　谢谢有你陪伴

3

我毕业了
三年里　我坐在班级里
看小伙伴们磕磕绊绊
欢呼雀跃　把手相视
哭了　笑了　累了　睡着了
有时候就我一个人坐在那里　发呆

我毕业了
人生的道路才刚刚迈出第一步
以后的苦是荆棘坎坷　还是漫步青云
都是我必须付出比别人多两倍的努力　才能实现

我毕业了
我不怕　人生道路都要有
我就使劲坚持　用充满爱的心去走路
我的身体有些瘦弱　但我的意志更加坚强

妈妈告诉我
不要在乎别人说你什么
而是你自己本身就该承认自己的弱点
你自己才能知道外面的蓝天有你一片

我毕业了
我高兴　也不开心
因为小伙伴们将在 6 月 24 号绿园餐厅　晚上吃完聚餐
就要各自　回到家里了
永远地离开了可爱的
刘诗昆音乐艺术幼儿园了

我知道妈妈是诗人
我让妈妈帮我写下来
我这段难忘的时光
这是我一生都在受益的岁月

我毕业了
我们要展开自己的翅膀
飞向自己未来的理想殿堂

我毕业了
我会努力　坚强　上进　博学
用自己的能力度过时光

我毕业了
我要对自己负责了
妈妈　我爱你
你的普通和你的不抛弃不放弃的哭泣声
我深深地记在了我男儿宽阔的胸膛

我毕业了
我要离开幼儿园了
我要慢慢地长大
去迎接属于我明天的未来和辉煌

我哭了

我哭了
我在 2008 年哭得伤心欲绝
因为汶川地震　我是记者
我哭了
我在昨天夜里痛心疾首
因为我恋爱了　我是爱者
我哭了
我在漆黑夜里彻骨透心
因为我被爱了　他是真爱
我哭了
我在我的屋子里
偷偷地哭了
把声音压得最低
把五脏六腑伤得碎碎的
人都要哭
但哭的原因和目的是各不相同
我哭时的感觉
就像穿着的紫色连衣裙子里
有无数的细菌在爬行
我想彻底地把它们撕扯得粉碎
我也想把这些细菌通通地吃掉
可是我完全控制不住局面

大哭　无声地大哭

站在墙角

躺在床上

躲在厕所里

不知道　怎么了

原来坚强的我变得如此脆弱

原来倔强的我变得如此顺从

难道我要重新开始新的生活

开始人生最可怕而又最向往的爱情吗

我怕了

我怕我的哭泣会伴随我的一生

我是退缩　还是前行

我问安琪老师

安琪老师告诉我

你去问问神童

我哭了

也许我的人生真会有五彩的花朵

也许我的人生还会有美丽的彩虹

这些年　我苦苦地坚守着

我的　纯洁　倔强　上进　人生

我哭了

这泪水足够淹没虚伪的爱情

我哭了

为了明天的从容人生

我还是相信

这世界上

有真心　真情　真爱

还有花语老师家门廊里的荷花　一度修行

我在原地等你

等你芬芳的花蕾绽放我的人生

我在家里等你

等你累得只有喘息的力气时

我的房间

我的怀抱

我的真情

给你生活世界的安宁

我在原地等你

等你结实的肩膀

你的真心

我在你睡过的地方等你

此生与你风雨同行

我哭了

幸福的泪水

散满了你快乐的小屋

还有闪烁的霓虹　迷宫

军侣情

——送给军嫂

军侣之情最缠绵

军侣之情最久远

军侣的生活最绿色

军侣的相思最纯洁

一个女人把一生的爱给了军人

一个女人把自己美丽的青春

留守在男人的军装

男人在祖国的边境线上

女人在漠河的村庄

下地　做饭　给婆婆洗脚

每晚　每晚

她注视着耀眼的激光

而自己的身体被思念的爱情折磨得干瘪

一个夜晚凉风依依

她想着世界的那边

边陲站完岗的男人

也焦急地走在漆黑的夜里

手里拿着电话

等待自己女人娇媚的声音

我想你

可是　今天　电话依然没有响起

漆黑的山村

女人的男人站在遥远漆黑的夜里数着星星

他的眼角流出了泪水

他此时知道女人在干什么

女人思念的烈火此时燃烧了自己的身躯

男人数了一个小时的星星

他主动给自己心爱的女人打电话

电话里是深沉而又模糊的声音

你什么时候能回来

我休假了就回去

回去我就给你一个人站岗加班

放下电话的女人

不是欢笑

而是用被子蒙着头大哭一场

哭累了就睡了

选择了军侣生活

就选择了忍耐　孤独　守望

星星依然在天空闪烁

女人不知道什么时候睡着了

做了一个梦

扭动着蛇一般温柔缠绵的白色身躯

在那个漠河褐色村庄的小床上

幸福地呻吟着

在梦中她遇见了谁

是她的男人军

还是　让她兴奋不已的丘比特男神

第二天
女人在漠河依然下地干活
男人依然穿着军装矗立在祖国的边陲
军嫂就是爱情的化身
军人就是奉献的使者
军侣之爱　好纯

村　庄

村庄
你的宁静让我害怕
你的寂寞让我担心
无论如何
村庄就是一个故事
村庄就是一片风景
村庄更是深深凝结人类生活的地方
遇见你村庄
那是缘分的告诫
就算生活在痛苦的村庄
也无需哀怨彷徨
村庄里的狗大摇大摆
村庄里的牛羊风风光光
村庄里的人淳朴善良
我喜欢村庄
那袅袅炊烟直冲云霄
那鸡鸣让你早起劳作
那金黄的粮食让人心烫
村庄
是多少诗人生活过的地方

婆　婆

婆婆

91 岁的婆婆

用浑浊的眼睛看着我同学

你们结婚几年了

我同学说十年了

那你多大了

我同学说

妈妈我今年三十三了

不是！我好像今年也三十三

婆婆嘴里呢喃地说

婆婆说

你是谁呀

我同学说

我是你儿媳妇小兰

你不是

她才是我儿媳妇小兰

婆婆用那双布满老茧的手指着我

我说婆婆　我是你儿媳妇的同学

不是！那我是谁呢

我是民国的儿媳妇

我老头是军人

婆婆嘴里继续呢喃着

时间不停地飞逝
婆婆嘴里不停地诉说
直到她儿子回来了
婆婆才高兴地说
我儿子奎儿回来了
儿子这两个哪个是你媳妇
儿子哈哈大笑后说
妈妈你又糊涂了
我们吃饭　吃完后我告诉你

91 岁的婆婆
我好喜欢她糊涂的样子
仿佛整个世界都在她的眼睛里
又仿佛她的眼睛里装着整个世界
更仿佛她根本就已经不知道现在外面的世界

91 岁的婆婆
幸福的样子
在我眼前闪烁
我到 91 岁时会如何

车　站

拥挤的人群
各自的心愿
奔波的生活
忙碌的车站
谁都盼望团圆
每天忙碌无限
只有坚持坚持
才能实现远方的梦
长长的站台
寻找心中的缘
一段孤独的路程
框框的铁轨并线
一段起点和终点的旅行
有谁知道遥远
沙漠里的小苗
站在铁路两旁
风吹日晒　风沙满天
坚强的小苗呀
似乎在等待
等待梦中的他
能在孤独的站台上出现

北京地铁

北京地铁
五分钟一趟
轰隆隆哐当当
载着欢笑　载着希望
北京地铁
是多少人梦想飞翔的地方
是多少人迷茫时候的方向
五分钟一趟
咔嚓咔嚓嗤嗤做响
铁轨把每个人的愿望
并列到一个车厢
北漂的兄弟姐妹
用一双双有力的手
使劲地把握自己追求的方向
五分钟一趟
报站员甜美的声音
告诉你到了什么地方
是你梦想的开始
还是你梦想将要实现的剧场
五分钟一趟
我坐了十三年的北京地铁
我有些爱你

你能把我的痛苦和希望

一样丈量

如果你还忧伤

请坐一次北京地铁

如果你还快乐

请坐一次北京地铁

痛苦和快乐都会在地铁的咔咔声里跑光

你会在下地铁的时候

又是一个全新的北漂姑娘

大　姐

我不记得什么时候开始喊一声大姐
但我只记得我那个当上了乡妇女主任的大姐
为了抗拒父亲为她定下的娃娃亲
16 岁的草原萨日朗花找到了当地政府
抗婚成功后的她成了生产队里的妇女主任
她的干练　她的勇敢　她的维权　她的努力
终于有了可喜的成果
从一个放牧牛羊的家里走向了新生活
她还给自己取了一个崭新的名字阿荣
后来才听说是她聪明的小孙女千阅给取的
我每次回老家
第一站就是大姐家
房子宽大　比起我北京的房子　大多了
我带着养子住进她们家
她儿子　儿媳妇　也很少讲话
她儿子在海关努力　儿媳妇是税务校花
小孙女环绕我的膝前笑个不停
养子不想和我一起回老家
他说不认识草原文化
只想和千阅一起开心玩耍
大姐一个人站在窗前
是看窗外的风景

是看早市的繁华

是看儿子的归来

还是在看望她过去的年华

我眼睛有些湿润

大姐站在窗前

呆呆地站着

是回忆自己叱咤风云的过去

是回忆她恋爱时的美好时光

是回忆她曾经一起玩耍的儿时伙伴

还是回忆她永远逝去的大好年华

我在她的身后默默祈祷

大姐站在窗前

也许她很想念自己的妈妈

也许她还记恨爸爸定的娃娃亲

也许她在看自己老公远去的身影

也许她期待自己儿子的事业腾达

再也许她渴望小孙女能成为当年的她甚至超过她的风华

大姐站在窗口

看着我背着一袋子菜

看着我坚实的步伐

看着我身体有点问题的养子

也看着我未来的路如何丈量

我落泪了

看着站在窗前的大姐

此时又有谁知道她心里话

住上几天想回老家

因为大姐每天晚上知道我会起来写诗

怕影响我灵感

怕我休息不好

她宁愿一个人睡在沙发

大姐回屋睡觉吧

我不去

我在这里自由

看着电视就睡了

大姐

我亲爱的大姐

你的一生又在为谁描画

你累弯的双手依然为我们包着数伏的饺子

嘴里还说可香可香了

好吃吧

大姐

我亲爱的大姐

看到你关心的眼神

让我相思了妈妈

妈妈活着也许就会这样为我

包饺子　睡沙发　用心疼的眼神看着我可怜的养子

还有依然孤独前行的我

名利　金钱　文化

我都有

可是我最缺少的就是大姐

你身上那股永远不服输的文化

我多想陪着你呀

看看你的笑脸

看看你快要蹒跚的身体

听听你的教育理念

听听你那让人动容的过去

因为那时我还小

就连一个牛头还要仰视它

懵懂的妹妹那时是多么可怕

没有疼你的心

没有爱你的意

更没有理解你的心里变化

大姐

我亲爱的大姐

我长大了

孤独闯天涯

我的养子说

妈妈　大姨生气了就会大吼我

妈妈

那是因为大姨心里也有难过的时候

只要大姨不直接赶走我们回老家

我们就再呆几天吧

我可怜的宝贝喜欢呆在大姨家

我说宝贝

大姨吼你　是为你能健康长大

我们要回老家

是避暑　是亲情　是一种文化

养子懵懂的目光和我当年一样　痴痴傻傻

大姐

我亲爱的大姐

我知道你疼你的儿孙

我知道你疼你的兄妹

我更知道你也应该到了有人心疼的年轮

大姐

我亲爱的大姐

我走得多遥远

我有多么出名

我有多少辉煌

但你永远是我那个

最值得尊重的榜样

最值得关心的亲人

最最值得理解的萨日朗花

我又要一次次远去的旅程

我的心依然在草原某个窗口

停留

那里有一个身影

大姐

她现在每天还在期盼什么

难道是幸福的泪花

你的世界我懂

相识在学校的演讲舞台
你我并列第一名的奖状
让评委老师三次为难
我们的友谊从此开始了
我是蒙古人　你是满人
校园里　不同的系　不同的班级
可我们却总是去彼此对方的宿舍里
狂欢
你的裙子都是黑色系
我的裙子都是粉色系
两个个性不同的女孩
因为一场并列第一的演讲
从此有了十五年的友谊
默默祝福　真心思念　互相理解
我每次回老家
第一件事情就是要见到你
你不管有多么忙多么累
都拖着疲惫的身躯来请我吃饭
你还是在学校时那个样子
不论自己的身体多么糟糕
依然坚持工作　那么要强
当了副处长　一个女人就行了

可是你还是那么疲惫　劳累

我是自由的人

记者　主持人　诗人　艺术总监

我总是轻松地做无冕之王

如果你当初不是为了爱情

陪伴远走的郎

也许你比我还更加地辉煌

你走进了领导之路

我从来是不反对你

知道你的心也很累

可那是你的选择

我只选择我们纯洁的友谊

我们的感情　我们的相知

你的世界有多大

我的心就有多大

你的世界我的心

我的世界你的人

秋愁　秋思　秋恋

秋天的美丽是香水

深入骨髓

渗入肌肤

我在半夜呻吟

没有温暖的如春

秋天的早晨就像烟雾

锁住你干咳的喉咙

绊住你沉重的脚步

让我窒息

让我难过

秋天都说是收获的季节

我却在异地挥霍自己的青春

都说秋天是金黄色

我却在青色的天空里哭泣着

是泪水把我泡透了还是我泡透了历史

摩纳哥的海盗船勾着我的灵魂

摩纳哥的街道写着我颠覆的梦想

摩纳哥的酒让我划过伤痕累累的心

摩纳哥的历史记忆着我的渴望笑靥

摩纳哥的土地有一刻即将有一块永远属于我

秋天就像一个男人同时睡过两个女人

尴尬又恐惧　落寞又无奈

秋天又像一张床上躺着两个女人

明白有忍让　眼瞎又装欢

秋天让我的血液里充满了黑色的记忆

秋天让我的身体痛苦呻吟落叶枯黄

秋天让我看透了某些男人的虚伪

秋天让我更加知道亲情的难能可贵

秋天让我既爱又恨地写满失落流离

秋天里　爱和恨

秋天里　情和愁

秋天里　恋和思

爬满了我每一个骨缝缝隙

让我遍体鳞伤　让我彻夜难眠

让我痛苦不已　让我一败涂地

面朝秋天　泪流满面

我心依旧

我心依旧

伴着闷热的夏季的夜晚

今天非常想为自己点燃

很久　很久

我都是为别人去活着

感觉自己的心有被掏空的感觉

细细环看着我的心里

我心依旧

我以前一直单着自己

其实是一件很可怜的事情

到现在彻底地想明白

我要为自己活一回

人生不过是短短的几十年，我喜欢谁

从明天开始我就直接告诉他人生错了一步

不能再继续错下去

一盏昏灯燃空躯

时间飞过耳畔去

一颗血心被狼吸

毒死狼体换新衣

站在家乡的江边

心里此起彼伏的

这里有过我童年的记忆

有过我少年的翅膀

有过我追求梦想和人生的足迹

有过我不耻的个人感情的过去

一切我想彻底地忘掉

忘得一干二净

我要有一个新的生活

也许会是在家乡

也许会是在北京

也许会是在国外

也许会是在寺院里修行

明天起　我要春暖花开

找寻自己的一块净土

——兰儿写给自己 2017.7.15

杯酒醉

酒不醉人　人自醉
杯酒人中泪
人不自美　酒自美
美人酒中醉

嘶哑的生活
哭泣的玫瑰
雨中的欢笑
有谁知酒醉

心到疼处　酒醉也心碎
人到难处　酒醒也是泪

你我本就是自在如风

你我本就是自在如风

你有你的自由
我有我的生活
爱了就在一起
不爱就不要勉强

生活就像镜子
你站在镜子外面看自己
而别人却是站在镜子里
看你

无论你如何粉饰
你的完整
都是无法掩饰

你我无论发生了
多少故事
你我本就如风
自由自在
毫无顾忌

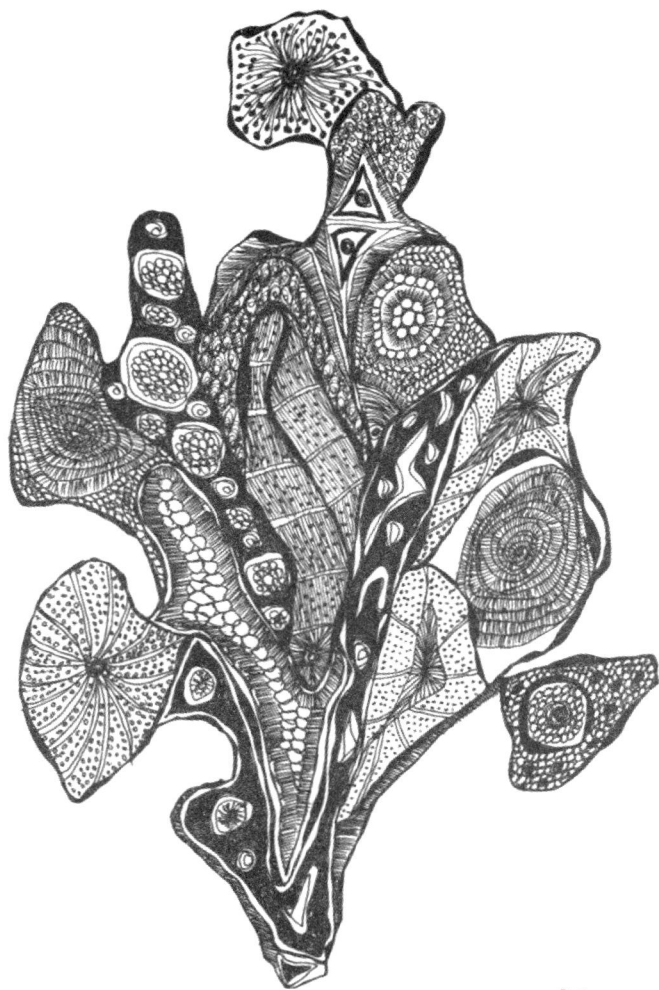

娜仁朵兰
安琪 2017-6-11

爱你在雨里

一个下雨天
你带着一把伞
从我身边慢慢有过

我已经浑身湿透
想要你手中那把伞
你说　是去给你媳妇送伞

我才知道自己
要是有个老公也能给我送伞
可是他命短

我只能自己在雨里
跑着跑着
最后满脸淌水

雨水和泪水
冰冷的雨水
紧紧地裹着我的胸脯
可怜的我哭了

母　亲

母亲
您用一生的痛苦都在分娩
您的儿女真多
我是一个多余的超生
我最后进了孤儿院
我不怕孤独
但我怕　有亲情却没有人疼爱我

母亲
您用一生快乐　哺育儿女
哪怕您自己挨饿挨冻
也把好吃好喝给您的仔

母亲
我的身体里留着您鲜红的血液
我不敢怠慢我的生活
我怕　母亲在另一个世界
会怪罪我　一个没有出息的笨蛋

母亲
煤油灯下有您的泪花
草原里有您丈量的步伐

孩子的衣服有您指尖的血液
孩子还是不怎么听话

母亲
您气得浑身发抖
举起的双手又放下
把孩儿们交给我伟大的父亲　用皮鞭抽打
您只好偷偷地摸着泪花

母亲
您的乳汁把儿女养大
您弯曲的双手紧紧抱着儿女
和衣而卧

母亲呀
您说生这么多孩子　没有偏心
我不相信　您那是遮掩内心的无比思念和牵挂

母亲　您教我们做人
心比大海宽　天比树叶长
看着就把事情做了
我深深地记住了

母亲呀
我还依稀地记得您为我做的饭菜　装在饭盒里
您把我扶上马背

遥望着小马驮着我走远
此刻您变成了一个细细的点

您把卖掉鸡蛋的钱
把卖掉牛羊的钱
把卖掉牧马的钱
把卖掉蔬菜的钱
都给儿女们交学费　买衣服
而您　一件衣服却穿了三年

母亲呀
我没有回报您的养育之恩
因为我还那么小
您就离开了我
只好在我长大后　成人了　赚钱了
给您和父亲买了一块墓地
让您和爸爸搬进了一个崭新的家园

母亲
我曾经梦见过您
坐着达摩祖师拉着的深绿色的荷花垫子上
不知道去了哪里
我醒来的时候
枕巾已经湿透
自从那次梦醒之后
我就再也没有梦见您

母亲

我也做了母亲

也哭过鼻子

也耍过赖

也想放弃养子

可是您慈祥的笑脸

告诉我

养育之恩难报答

我就死心塌地地要把养子

抚养成人

让他不再孤独　不再害怕

让他成为祖国有用的人才

母亲

我爱您

您是我伟大的母亲

蒙古骑手

铁马冰河为什么进入我的梦来

我害怕我的前世是一个杀人如麻的将军

所以此生让我　　如此孤独

如此痛苦　　如此迷茫

天兵天将踩着青色的云飘进我的梦来

我害怕我的前世是断斩情人的恶魔

所以此生让我孤身一人　　孤枕难眠　　躯体冰凉　　长年累月

草原的芬芳跑进我的梦来

我使劲地奔跑去追赶驰骋的黑骏马

我骑在马背上　　原来我前世是个蒙古骑手

我不管我的梦是什么

我知道我的前世一定是个男的

而且是一个特别坏的家伙

所以我今生才如此痛苦不堪

我相信人有轮回

我相信人有因果

我要用今生的善良来洗涤我前世罪恶的灵魂

我要用我一生的真爱来救赎我前世对你的欺骗

请你原谅我

你走进我的梦里穿着白色的衬衣　　白色的西裤　　黑色的布鞋

没办法　　善良的我在还前世罪恶的情债

没办法　　这个梦在我六岁的时候就做过

你要不相信　你今世再欺骗了我
来世的你就在六岁开始和我一样
每隔三年就做一次同样的梦
哭醒　奔跑　被杀　大喊
今生我愿做一个蒙古骑手
一箭射中你的要害
让你今生今世只有一个蒙古骑手
你走远了
也是泪眼婆娑的世界
了了生生世世的缘
来生你做女来　我做男
我一心一意只有你一个蒙古骑手的箭
箭箭穿心

风和叶子

风和叶子
坐在一起喝着红酒
风醉了
风起劲摇曳着叶子
叶子兴奋得不知自己
最后从树上窈窕一地
风和大地
坐在一起喝着白酒
风醉了
风使劲想把大地拥抱在怀里
大地用它的博爱把风推进云彩里
叶子被风翻得满地都是
叶子哭泣
风你真是无情的东西
风和叶子
继续喝着啤酒
风和叶子都醉了
酒真是好朋友
最后让叶子和风吹进了河流里
永远成为知己

你是我生命的使者

你是我生命里的角色
生命在呼喊
气势磅礴
泪水横流
你坚实的双手捧起黄河的泥
你在我生命里演绎了角色
让我爱不释手的角色
你在山西的山脉里驰骋
你牵着黑色嘎汗嘎力的骏马
来北京香山脚下接我
来珠江绿洲公园接我
来我温暖的家里接我
蔓延的香山红叶是你爱情的见证
黑色的骏马是我爱情的象征
你在我生命里演绎着角色
让我一生只爱一匹你骑过的黑骏马
我在你的身旁
是一朵静静绽放的玉兰花
只为你一人绽放
只为你一人芬芳
你是演绎我生命角色里的
疯狂使者

热气腾腾

数伏第一天
我的衣服湿透
数伏第二天
我的头发湿透
数伏第三天
我的衣服头发湿透
热气在我的头上就像蒸笼
多想来一场雨
从头到脚
从身体到内心
淋漓浸透
数伏第七天
皮肤就像贴在烤炉上
滋滋作响
五脏六腑就像放在开水锅里
滚烫翻滚
整个人就像要飘起来的气球
无法控制
数伏天　难过
热气腾腾

喝　酒

冰凉的液体顺着我的食管流下
仿佛是清洗我肮脏的内脏
也仿佛是流进我肮脏的肠道
进行一次临时的沐浴
我喜欢喝酒
酒可以清洗我的内脏
酒可以让我亢奋
酒可以让我诗兴大发
我喜欢酒就像我喜欢诗歌一样
酒可以清洗我的内脏
诗歌完全洗涤我的灵魂

黑骏马

一匹骄傲的黑骏马
从草原奔驰到北京
在朝阳公园东门
建起了蒙古大营
诗词歌赋熏陶了黑骏马
琴棋书画蘸燃了他年华
他就是一滴清澈的水滴
激起了草原文化的涟漪

一匹倔强的黑骏马
他完全懂得草原文化
北漂诗篇走进了蒙古包
五千年的诗歌在草地上开花

一匹撒野的黑骏马
带着诗人开拓朗诵文化
用一根根肋骨编成的蒙古包里
诗人尽情地写诗作画
驰骋在草原文化部落
没有界限　没有国度
在这里只有书声琅琅

一匹温柔的黑骏马
带着他的毛毛雨
还有他坚实的脚步
正在开启诗歌朗诵新文化

奔驰的黑骏马
你就是冰峰
你就是黑骏马
你就是绽放在草原上的兰花
昨天　今天　明天
勇敢的黑骏马
他将永远守住草原文化部落
让每一个诗歌朗诵的韵脚
回荡在北京诗歌文化的天空

写诗送给诗人冰峰草原文化部落

2017 年 7 月 10 日

思　念

思念就像一颗长满红色胎记的轮回记忆
在我痛彻的心扉里爬满了几千年的收藏
我曾经无数次翻开短信看着每一行文字
深深地刻在心底的还是我们相识的回忆
我在无数次真诚地呼唤你的名字——阔
我在记忆的摇篮里不停地搜寻你的痕迹
我在梦想的国度里

为你哭泣——为你快乐——为你幸福
思念就像一根根的钢针扎进我脆弱的骨髓里
那红色的血液和白色的毒水毫无顾忌在瞬间
一起奔涌而出——喷到了我稚嫩的脸上
又一起流淌到我无法进行呼吸的鼻翼上
起飞的飞机已经把我一颗纯真的心
带到了另一个孤独的世界里
我痛苦的爱恋在瞬间化作满天的繁星
带到了你幽静梦中的怀抱里
思念就像一颗颗毒草
毒死每一个为爱情抛开一切的女人和男人
思念的毒液会流淌在心里最痛的地方
毒死为爱情奉献一切的男男女女
不管爱情的记忆如何飞过我心中的履历
不管你是不是给我一张合法的红色印记

不管你的心里还有多少难言的秘密

不管你的爱情是不是只给我许诺的唯一

思念就像你手中的风筝

让我在天空里只是看到你的身影

思念就像一个我喜欢无比的红色的胎记

让我在生命里得到爱情和生命的延续

爱你我才去思念你

思念你我才会爱你

爱你我才会划破记忆

思念你我才会毫无顾忌地爱你

在蔚蓝的天空里写满了你的笑

在记忆的闸门里填满了你的爱情

在思念的火热酒杯里蘸满了细细的品味

在每一个角落里留下了你带着体香的味道

无法控制的爱啊

无法控制的思念

无法控制生命的记忆

无法控制思念的性灵

思念就像一杯白开水是那么的透明

思念就像一杯含香的奶茶是那么的温暖

思念就像一张冰冷的床是那么的孤独与寂寞

思念就像一张爬满风霜的网是那么的密密麻麻

蒙古姑娘

骑在马背上的蒙古姑娘

蒙古包里有你的长调

有你的希望　有你的惆怅

勒勒车上的蒙古姑娘

蒙古袍里有你的梦想

有你的秘密　有你的幸福

草地上的蒙古姑娘

从额尔古纳河飞到欧洲

又从欧洲驰骋回草原

你的翅膀加上了美丽和力量

穿着蒙古袍跪拜的姑娘

你的眼神里透着悲怆

草原的绿色正是你生命的起航

亲爱的蒙古姑娘

草原的广阔

给了你粗壮的大腿

丰硕的乳房

奶茶的清香

给了你开弓射箭的臂膀

无比的健康

你用自己粗壮的大腿

支起蒙古男人西征的脊梁

你用丰硕的乳房
哺育了蒙古男人骁勇善战的身躯
你用自己的歌声
守护一份孤独的悲壮
男人的铁骑践踏了恶魔的嚣张
你用蒙古女人的倔强守护着香火
蒙古姑娘
你是世上最好的姑娘
蒙古姑娘
你是世上最美的新娘

沉　醉

夏天就像一场五彩缤纷的酒会

让你在闷热的季节里

进行着无休止的喝彩碰杯

我怕见到火辣的诱人的目光

更怕见到那陌生的眼神

似乎在瞬间就能被沉醉

以我的愚蠢无法分清

晚上我睡去

猫咪依然在窗下鸣叫

鸣叫的声音让人心抖

不知道什么时候动物能改掉自己的放肆

那种无法自拔的放肆

也许人类也无法改掉自己的放肆

何必总是要求太多

老天依然眷顾我们

沉醉吧　还有幸福的生活

战争的火焰还没有烧到我们的屁股

地震的砖瓦还没有砸到我们的身上

大海的愤怒没有淹没我们的灵魂

幸运地活着

每天都为未来的诗情画意

每分每秒

珍惜如初

沉醉

沉醉

是人生最美好的选择

谁来爱我

孤独的夜里
谁来爱我?
孤独的城市
谁来抱我?
孤独的灵魂
谁来为我上香!

生命的药剂

人　生命都有一个开始和
一个结尾
每个人的开始和结尾各不相同
不知道是最近上火
还是眼睛出现问题
打字一定要大　才看得清楚
小说也不写　诗歌也不写
整天和蓝天　白云　孩子作伴
偶尔还去江边坐坐
爱情的心已经死了
日子也不知道如何去过
使劲地调和自己生命的药剂
让自己清醒
有的人想长生不老
有的人想活万世不朽
大千世界里又有谁
真的熬过几百年的寿禄
那都是可怕的黄粱一梦
不要打打杀杀的了
几十年一眨巴眼睛就没了
我小学同学都有离开人世的
大家还在挣扎着什么

好好活着吧
因为每个人生命的药剂
都不是别人给你配的药方
是你自己给自己开的配方

椰　子

椰子
你白嫩的身体
却被棕色的糙皮紧紧地包裹着
有谁才能真正地用心
来仔细看看你魅力的白色裸体

当你真的呈现你真诚的一面时
你将会被无情地送去玻璃瓶子里
做成了人们爱吃的椰肉罐头
哪里还有人记得你白色的身体

所以
我告诉你
还是严严实实地包裹你的裸体
以免成了别人口中的美味
还要喋喋不休地数落你

洁白的身躯留给自己
别用生命来证明什么
历史可以告诉你
你是椰子
有棕色丑陋的外衣

里面有纯洁美丽的裸体

椰子就是椰子
你就是你自己

母　亲

——北方的一颗玉米粒

在北方

你随处可见到那些玉米

她们几乎装满所有北方的秋天

没有什么事物像玉米那样

用生命和泥土歌唱

一个村庄的历史

还有那些襁褓中的婴儿

绿色的火焰

怎样将一个春天点燃

还有干枯的母亲的心

用最后一滴眼泪

哺乳她那残缺的婴儿

想您母亲

干涸的眼泪

想您母亲

想您那些玉米

就在我残缺的梦里种下一颗玉米吧

看一颗露珠如何涤去心中的尘埃

听一片绿叶如何在童谣里长大

想您母亲

那弯曲的手指提着刚换来学费的破篮子

想您母亲

沉甸甸的果实如何压弯她瘦弱的腰身

用心体察一下她沉默中的坚韧

哺育儿女的辛劳　无怨中的宽容

凝视一下岁月如何夺去她的青春

冬雪慢慢覆盖她的青丝

感受她收割后的孤寂

在寒风中的悲鸣

母亲　母亲

一颗永不褪色的玉米

母亲　母亲

一个安慰子女生存下去的灵魂

爱您　念您　想您

我北方安息的母亲

深 冬

悲欢月前洒寒光
孤独刺骨透心凉
风中吹拂尘叶飞
夜夜空房泪洗床
怎奈女子如此苦
身痛穿肠盼儿郎
浑身颤抖瑟瑟语
心海茫茫度时光
站桩迎风和彩虹
两眼泪水洗魂灵
一片一冬一孤独
寒夜寒窗憾心灵
我为我子舍生命
我子为我度白霜
人生苦短几时载
缘分写尽也痴狂
破衣烂衫度青春
饱肚思淫炫时光
常常生活没人卷
长长道路飘雪光
红色时光写玫瑰
绿色叶子哭满墙

深冬灵魂在呼唤
温暖初春又彷徨
抒写绚丽人生曲
宽容心藏万丈光

爱的缘分

爱的缘分就像一朵要开
而又没有开放的花朵
站在迷茫的废墟上
一颗爱的心如空壳
爱的世界里无法主宰
一颗飘逸的心随着弥漫的空气飞到草原上
也许梦想就在瞬间成为泡影
因为我不知道
一颗驿动的心是否会在我身边停留久远
因为我不知道
变迁草原里的小草会不会在选择土地
因为我不知道
那颗曾经深爱的心是否会在一个晴朗的天空里飞翔到天边
我很想去旅行，但是不知道去向哪里
我很想去度假，可是不知道和谁在一起
淡淡的幽香弥漫着我的孤独紫色花瓣丝丝凋零在我的眼前
陌生的城市里洒满你的灰烬你化作紫兰花飘在我窗台
我却无法遗忘你的相恋
难道说只能捧着花瓣哭泣，你化作紫兰花飘在我窗台
我却无法品味你的恋香
你为用真心付出了生命
我却无能为力

要和你永远在一起

我爱你紫兰花

何时才能开放

我会再次给你重生的希望

曾无数次看着迷蒙的双眼

曾无数次地在心里默念

爱的缘分走得那么近

我为自己深深地祈祷

想在最近的地点找出最好的情缘

你的出现让我感到世界是那么的美好

缘分的天空里弥漫着你爱的清香

身躯的力量挽起爱情的神伤

感情的世界多了一份无法挥去的苍茫

爱的缘分

嚼着我的心痛

爱的缘分

扯着我的心伤

爱的缘分

写满我的泪水

爱的缘分

奔跑我的希望

你珍惜爱的缘分了吗

我真的很迷茫

父亲撑开的双脚

我的脚印在雪地里行走

看到一行父亲留下的脚印

那是父亲的爱　在我的心里流淌的航迹

我在美丽的时空里　写着美丽的故事

天下的父亲啊　撑开你的双脚　来丈量我们的岁月

父亲的白发啊　是我哭泣的泪珠洗涤的颜色

父亲的双脚啊　是我不断前进的结实阶梯

父亲的双眼啊　是我迷茫的时候一行泪眼模糊的视线

父亲的双手啊　是我在马背上跌下来的张开的天地

父亲的臂弯　是我无限追求世界的摇篮

父亲的生命　是我生命延续的火种接替

父亲的爱情　是我一生都应最最的尊敬

父亲的痛苦　是我一辈子也哭不完的河流

父亲那美丽的绿色的草原　写满了我稚嫩的心胸

父亲宽宏的马背　蘸满了我勇敢的天上人间

父亲那温暖的抚摸让我一生都留住体温

父亲的玉米粒　温饱了我饥渴的胃

父亲的馨香的奶茶　喂饱了我奔跑的脚步

我爱父亲的胸怀　在那个冰冷的世界里

我爱父亲的倔强　在这个现实的人世间

我爱父爱的朗朗的笑声　让我在黑暗中不再胆怯

我爱父亲在茫茫的人群里　一下子就把我认了出来

一双蹒跚的脚步　是在您的扶持下走出了草原

第一次欢笑　是你和妈妈一起把我托举到天边

爸爸我每天都在呼唤　您听到女儿的呼唤了吗?

爸爸我每天都在思念　您感到我这颗跳动的心在想您吗?

爸爸当我无法前进的时候　我的眼前总是您重复的那句话

——黑土地有黑土地的草原　沙漠有沙漠的活水

爸爸当我的感情在纠葛的时候我的眼前总是您带着皱纹的
　笑脸

爸爸当我无法控制自己的生命的时候我想马上就可以见到
　您了

爸爸当我无奈的时候我总是撕心扯肺等待与您和妈妈梦里
　相见

爸爸如今我长大了　我有了　自己的爱情

爸爸如今我知道了　男人肩上的责任和对女人的爱情

爸爸我也会是一个好妈妈的

我也会有一个好孩子的

孩子也会有一个好爸爸的

爸爸您看到了吗?

我们的生命是在您撑开的双脚间行走天涯

爸爸我为您祈祷在天堂的路上

——有草原　有鲜花　有妈妈的陪伴

——有一条我们家后院的路

一直通向美丽的大坝——滚滚的嫩江水——茫茫的大草原。

昨夜我为你点燃金色蜡烛

昨夜我为你点燃金色的蜡烛

烛光里有你甜蜜的微笑

爱是昨天的蜡烛在尽情燃烧

明天的生活是今天真诚的期待

我为你点燃金色的蜡烛

在美丽的绿色军营里

在清澈的珠江河畔

在你纯洁如水的心里

我为你点燃金色的蜡烛

在惶恐不安的世界里

给你一个前进的方向

给我们一个幸福的迷茫

昨天我为你点燃金色的蜡烛

烛光里我的爱深深点燃你的心房

你滚烫的心呀

在烛光里闪闪发亮

好像前世因缘在今世来得这样苍茫

我细心呵护着这份属于你我的真爱

烛光里你美丽笑容久久地回荡

金色的烛光看着你我的身影

就像几千年前一样

你的手依然是那样的温暖

你的体香还是那种迷魂绕梁

采访日子写满你的身影

休息的日子依然一样一样

我没有躲避属于我的烛光

你也一样在烛光下辉煌

昨夜我为你点燃金色的蜡烛

渴望在未来的生活里

你我和烛光一样无私

能给对方金色阳光

你的善良正是我要的光芒

我的执着正是你要的脊梁

你的事业正是我们未来的期待

我的努力正是我们生活的保障

昨夜你为我点燃金色的蜡烛了吗？

昨夜你是否依然为真正的爱情忧伤？

昨夜你敖红了双眼就是因为看了我的诗行？

昨夜的你是不是在黑色的小屋里独自地忧伤？

昨夜的我在为你点燃金色的朝阳

昨夜的我一直在为你守候着繁忙

昨夜的我在为你点燃金色的蜡烛

昨夜的我在为你深深地思念阳光

你现在过得好吗

我的泪水已浸泡你眼角
你的泪水已把我灵魂细挑
你过得好吗？我在这里问你——
我的爱已蘸满你身体里
你的爱已把我灵魂出窍
我过得好吗？你在那里问我——
我的心已好久就停止心跳
你的心在爱情怀抱里尽情燃烧
你过得好吗？我这样问你——
你的爱在你心跳里痛快爱着
我的爱在撕扯梦里哭泣喊着
我过得好吗？你这样问我——
大雪淹没我灵魂的落寞惆怅
大雪激起了你生命的最强音
你过得好吗？我每天问你——
寒冷刺痛我冰冷的心扉
寒冷使你身体更加冰凉
我过得好吗？你每天问我——
工作的压力把你狠狠缠绕
工作的繁重压得我透不过气
你过得好吗？我在心里问你——
生活的重担压在我柔弱肩上

生活的痛苦扛在你的臂膀上
我过得好吗？你在心里问我——
我爱你生命的旋律
我爱你甜蜜的笑语
我爱你悠久的体香
我爱你对我的执着
我爱你朗朗的声音
我爱你的博学多才
爱你——你过得好吗？
爱我——我过得好吗？

第一次相识的大哥 SHM

一颗驿动的心在第一次瑟瑟秋风里
送来了一张温馨的脸
是那么匆忙
是那么焦急
是那么无助
我渴望这一生都能看到这张亲切的脸
第一次相识的朋友
一段感情的交合
一段亲情的演练
一段往事的记忆
一段人生的勉励
深深感谢对我的鼓励
深深感谢对我的支持
一只有劲而又冰凉的手
紧紧握住我的手
这是第一次有人这样握着
心里一阵的乱跳
真怕在他的面前失态
还好他匆忙地归队
让我在瞬间
看到他焦急眼神和离去背影
我的心开始噗通通跳过了心河

都说这世间没有真正的友情

我说有的

只要有纯洁的心

都说这世上的男女难过爱河

我说有的

只要你的爱是真的

都说这人间的烟火在燃烧岁月

我说有的

只要你的岁月值得燃烧

都说这命运在作弄时代的宠儿

我说有的

只要你还是时代的宠儿

北京那天太阳非常明媚

晚间却是冷得透彻骨髓

我站在校园大树下

想着他的样子有多么可爱

还是那个纯洁的人

还是那个真诚的人

不知道他回去的时候有没有得到批评

不知道他匆忙的离去有没有带走一丝寒意

一天的十节课真的很累

我的腿都站得酸酸的

屁股坐得麻麻的

但是当我第一眼看到他时

真的感觉我有亲人了

在以后的人生道路上

我不再孤单了因为有一个呵护我的纯洁天使

我讨厌很多人的虚伪

我尊敬部队给男人森严的禁锢

我尊敬生活给军人太深的枷锁

我讨厌一个爱情的持有者

却是一本空白的支票

我喜欢真诚

哪怕他是残疾

哪怕他是文盲

哪怕他是世界上最贫穷的人

只要我的爱人啊

像一只灿烂的花朵在美丽的阳光下

尽情地绽放就足够了

相识的第一天是那么的激动

相知的第一天是那么的幸福

相识的第一次是那么的难忘

哥哥的亲情扯着彼此干涸的心

畅想我们美好的未来和生活

走过的土地

土地告诉我　孩子这个世界是有真情的

走过绿油油的草坪

草坪告诉我　孩子这个世界是有绿色和平的

我从来不奢望太多

我只要真实的生活

我从来不渴望太多

我只要属于我的世界

我从来不要求太多

我只要彼此理解的海洋和花朵

生活就像一次澡堂里的冲洗

洗掉的是过去的记忆

洗不掉的是自己的追求

生活就像咸涩的海水

泡干你身体所有的盐分

泡不干的是自己生命的细胞

生活就像几个人的协奏曲

奏出的音符跳跃在你的心里

黑色的背心印着你的中国情

蓝色的褶皱的牛仔裤刻着你迷茫的思索

一个小小的背包装着你的心事

走路的风声是你三十年承重的烽火

你走了　脚步走过车辙

你走了　脚步走过伤痕

你带走了　秋天的记忆

你带走了　秋天的思念

你带走了　一颗追求美好生活的心

你带走了　一份遥远而深刻的惦念

你的演出就要结束了

你的生活却在刚刚开始的嫩芽里灼烧

你的北京之旅就要结束了

你阳刚帅气的样子深深地印在妹妹心里

你的疲惫的身心在北京漂泊了几日

你的毅力依然为你的生命喝彩

你的征程为你写满历史的脚印

你的内心有火一样的升腾事业的巅峰

你的感情像磐石一样的坚固

你的亲情像火一样地迸发而朝夕融融

我一生都要记得 2009 年 9 月 20 号

你带着北京的美丽秋天走了

你带着一团团的祥云走了

你带着初冬的寒意走了

你带着小区的空气走了

你带着我的惦念走了

你带着纯洁的亲情走了

你带着未来的梦想走了

明天的生活依然继续

明天的太阳照常升起

明天话剧依然在上演

明天的艺术意境依然

明天的你还是灿烂的收获加上美好的歌唱

SHM 大哥哥，明天的你

依然帅气阳刚　魅力四射

我喜欢

我喜欢生活变色　　命运多舛
我喜欢文字流转　　颜色变迁
我喜欢独自冒险　　音乐回旋
我喜欢大海壮阔　　江河汹涌
我喜欢挑战刺激　　抛弃无力
我喜欢人海喷月　　独酌哭泣
我喜欢沙滩柔美　　草地缠绵
我喜欢文章隽永　　爱情甘甜
我喜欢千年古树　　大地磅礴
我喜欢水中残月　　夕阳昏同
我喜欢欺骗干脆　　撕扯灵魂
我喜欢男人装鬼　　女人妖媚
我喜欢泪水浑浊　　热乎被窝
我喜欢被爱包裹　　仇恨怒火
我喜欢梦里花絮　　笑容悲伤
我喜欢悠闲走过　　清澈洗涤
我喜欢有你煎熬　　有我守望
我喜欢人生追求　　坎坷坦途
我喜欢清苦滋润　　兴奋悱恻
我喜欢泪水狂欢　　情困碧眼
我喜欢锐利绚烂　　漫步容颜
我喜欢眼睛迷茫　　男人沧桑

我喜欢泪水汩汩　　爱欲痴茫

我喜欢无语泪流　　无言心伤

我喜欢你发短信　　我愁诗航

我喜欢干净画面　　跳跃寒窗

我喜欢激情语句　　历史飞扬

我喜欢五千年的炎黄

我喜欢黄河远远流淌

我喜欢长江奔流不息

我喜欢长城固若金汤

我喜欢我的伟大祖国

永远那么壮丽　　完美无疆

没有休息的干旱旅程

一个洗礼的日子

在心间飞舞

踏着干旱的土地

农民撕肺的生活

一场落泪的采访

农民的土地

一场真心的对话

农民的生命

我已经几年不做农民的专题和新闻节目

可是这次特别专题

我是被派去的

我在细心地喝着这壶干裂的水

一个个不眠的夜晚

一个个辗转的床笫

我在噩梦里惊醒

我看到一张张哭泣的农民的脸

我没有休息

走在干裂的土地上

看着淌血的脉搏

行程中的思索

明年的生活就是希望的火种

我没有休息

走在人生的干裂的土地

百年不遇的干旱

让人心痛

我没有休息

连日行走

看到的都是干裂的地缝

是大地相爱哭干了眼泪

还是上天烦恼没有了眼泪

干旱　干旱　干旱

干旱　干旱　干旱

我没有休息

因为没有时间

我没有落泪

因为生活继续

白龙马 红色爱河

一粒美丽的石子

在冰冷脚下响起

温暖冰冷的肢体

天空里蓝色苍穹

用冰冷颤抖心房

照亮生命旋律在世界角落里发光

包容死去的尘封心跳

一股寒流

把身体瞬间凝固

凝固成人间一道冰冷的风景

麦田里黄色梯田

染黄了躯壳里金色生命

染黄了尘封已久的冰冻

飞来的白龙马

就像晴朗天空里的白云

是那么的纯美洁白耀眼

洁白得让我无法用文字渲染

白龙马飞进了校园

校园里年轻的白杨

随着轻柔的风在绚烂微笑

食堂里金色蜡烛

在羞涩地一闪一闪眨眼

白龙马好像我梦里出现的白马王子一样

有着结实肩膀甜美脸庞硬硬的胡疵光泽润滑

草原广袤的灵魂

深深植根在我身体每一个细枝末节

给我生命　给我呼吸

空气里洁白露珠

滴湿我生命的干涸和枯萎

浸泡我泪水的苦涩和纤弱

风干了我心中的苦痛跋涉

苍天赐予我神奇的力量

使我痛苦的生命不再灰色

使我封闭心灵的枷锁开启

一份难以割舍的爱

在生命里蜗行摸索

窗前红日开放花朵

给我带来人生的红色爱河

奔驰的白龙马

跑到羞涩闺房来看绚丽世界

等待这个世界里的五彩篝火

默默守望着牧羊人的生活

把草原水珠都放在宽广世界

让草原也绽放出爱情的花朵

白龙马飞奔在花海的世界

酒醉酒

酒醉在心
泪流在体外
看花开眼睛笑
喝酒胃里冒泡
说别人会烂嘴
坏别人会手抖
酒醉酒
是人间品味
喝点酒
是身心愉悦
风景更替
唯我独醉

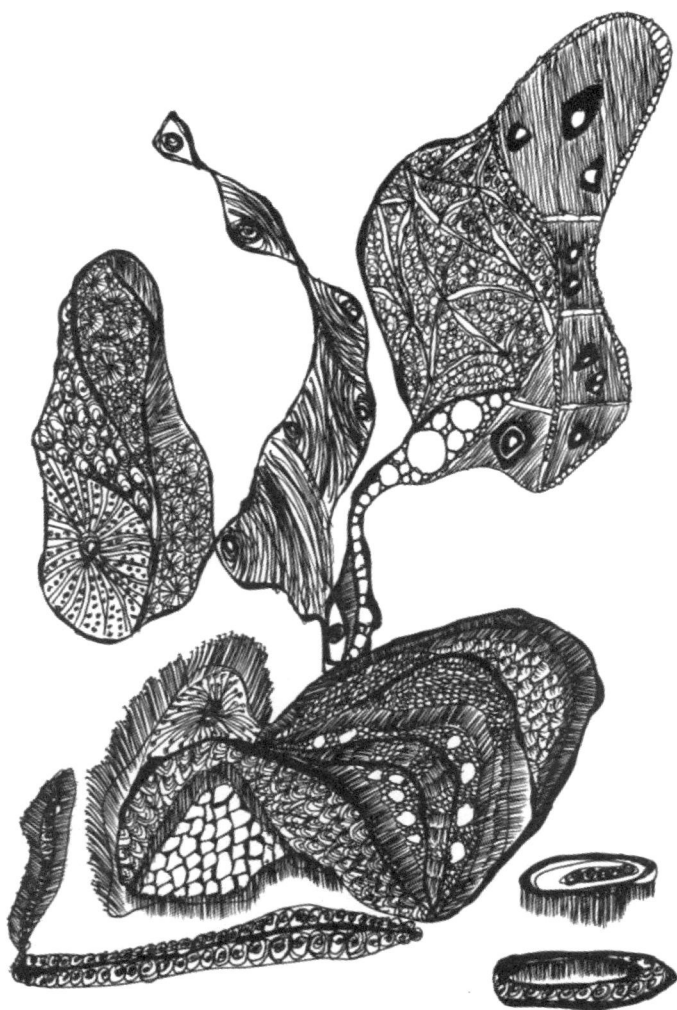

你的眼睛和我之间
安琪. 2017-8-2

因为活着

阳光五彩明媚
生活一场痴醉
工作生存手段
事业也是沉醉
我爱自己的生活
在每一个日出的日子
在微风飘拂的彩虹里
在工作无限的劳累中
在做一个美丽的梦里
在灯下读本喜欢的书
看一部优秀的电视剧
朦胧中记住的电影故事
不管别人如何诉说
更不管是否有人爱我
过去　现在　未来
很庆幸我还活着

你在他乡还好吗

一颗悬疑的心　在树林里轻轻摇曳
一夜冰冷的梦　在无数次亢奋中惊醒
你在他乡还好吗？
从你窗前悄悄走过
看到你绿色身影
就像一排白桦林
在阳光喷射下发光
你说明天就回来
害怕家里只有我一个人的孤独
害怕后天在这个世界没有你
害怕海枯石烂变成谎言只是应付
唱着熟悉的昨夜
写着相思的今天
盼着希望的明天
然而你的脸还是青紫色的
生命历程里竖起你坚强的心
一根燃烧着的烟
一把心灵的爱火
已把你燃烧成英雄的缩影
这是你作为军人最好的选择
漫漫的长夜一个人度过
漫漫的历史画卷一个人填写

你在他乡还好吗？
我在孩子们的眼睛里找寻世界
在看书的乐趣里享受生活
盼望明天的太阳早日升起
你的眼睛就是我心中的太阳
小河涓涓流淌的声音告诉我
夏天就是一个顺流的季节
你头上黑色的疤痕
就是在无限拼搏的记号
思念就像太阳的斑点
思念就像月亮的牙儿
思念就像水中的游鱼
思念就像草原腾飞的骏马
生活在歌唱
生命在辉煌
友情在深厚
你在他乡还好吗？

酸涩的日子

——送给我过去的生活

一把生锈的锯子

在腐烂的木头里寻找火焰

那个 2009 年的水龙头

再也拧不紧了

水一滴滴滴下来

稻草人的衣服

被一季的风雨撕扯成碎片

露出十字架般的骨头

一双丢弃在墙角的鞋子

底子上

还沾着千里之外的泥泞

脚很柔软

但心早就磨砺出青春的老茧和残骸

多久没有仰望星辰

不再

向所有的占卜者交出掌纹

多少次午夜梦回

不再探求疑问和懊恼对未来的影响

嗷嗷嗷请不要对我谈什么理想

谈什么生活

那些缤纷的梦幻的旗袍

都死死地碎在了滚烫的心房里

想想那些青春和承诺

想想那些暗语飘香的花旁

想想那些你抚摸过的温柔的日子

想想那些你曾经用谎言撕扯我干渴的身体和魂灵

是谁啊　　是谁啊　　是谁啊

究竟是谁的笑声在风雨中浩荡

究竟是谁的哭喊轰动了宁静和迷茫

嗷嗷啊　　嗷嗷啊　　嗷嗷啊

是生活终于教会我独立

在整个世界无尽的夜幕中沉默

偶有几点生命的亮光闪烁

它唯一能证明的是我还活着

而已　　而已　　而已

真想喝一杯带血的酒

看到一只鹿在麻药作用下被割下那么美丽的角
我真想喝一杯带血的酒
因为自己的胆小
从来没有喝过带血的酒
可是今天早上自己就像疯了一样到处找酒
可是没有找到　因为昨天值班
所以单位没有酒
我最近不知道怎么了
就像一只迷失了方向的鹿
在苍茫的大地上使劲地奔跑着
好像总是有人会在瞬间割掉我的角
哪怕只是一瞬间的艺术行为
也会让我痛得死去活来
因为割我角的人没有给我注射麻药
我还是孤单地在大地上寻找
寻找属于我的那份纯洁的孤独和寂寞
可是绚丽的世界已经让我没有了天空
我只有找到自己的触角
然后狠心地割掉自己的肉体和灵魂
泡在酒里
自己慢慢地闭着眼睛来喝自己带血的酒

当泪水滑过你的香腮

瑟瑟的寒风在刮着我心头的肉

一条条肮脏的马路在我眼前晃动

喧闹的城市在热燥地奔跑着

虚弱的身体在床上滚动着

此时你的泪水已经打湿了我的香腮

一个孤独的使者在黑暗里哭喊

天地在为可怜的孩子哭泣

擦掉你无畏的泪水

去迎接属于你的那么一个伟大生命的到来

此刻我的泪水已经湿透了你的脊背

黑夜是那么的漫长

白天也是那么的漫长

一个陌生而又麻木的城市摧残着一个饱含激情的女人

一辆没有牌照的崭新的车里载着两颗受伤的心

此时对视的目光里流出咸酸的泪水

一个黑暗的小屋里

写满你的真诚而又虚假的爱情故事

一个小生命在这个世界的风雨里坚强地活着

征战的路途给他一个帝王的喝彩

此一秒是世界化时代人物在拖天地之灵气

不管泪水滑过谁的香腮

都是真诚和爱的凝固

都是在憧憬美好的未来
都是在苦里洗出自己的心
泪水在湿透你的香腮
你一定要用心采摘

开往天国的列车

奔驰的列车带走的

是风　是雨　是泪　是浑浊

是夕阳中的一抹红

列车两旁向后退去的树林

是徐志摩送给林徽因的枫林

匀速而又张扬

飘动而又眩晕

留恋而又迷茫

草原的绿色

迷漫了列车的身体和声音

你和列车一起

列车和我在一起

我们在草原里彻底沉醉

假如有一天

我真的坐上了通往天国的列车

你会在车站接我吗

你会拿着鲜花接我吗

你会为我的离开再爱吗

为我哭泣　为我跪地而悲催吗

假如我的一切都随着列车的驰骋而变成了废墟

你会站在废墟顶上

插上我喜欢的兰花吗

你会有一分钟
只为我一个人思念吗
如果你有过对我的恋恋不舍
那我在这里谢谢你
谢谢你陪我一起坐上去往天国的列车
永生不再分离

沉　沉

秋天已经沉沉地离去
秋冬之雨打湿了一颗疼痛的心
天天盼着小苗快快地长大啊
冰冷的雨滴打湿了孩子的身
微微颤抖的心无时无刻不在挂念
你过得好吗
小苗才会苗壮地成长
一声声的呼唤
让我痛心疾首
谁能伸出温暖的手来
让我的幼苗在这大千的世界里腾飞啊
我似乎枯萎了世界的厚爱
我似乎读懂了别人的真心
我似乎看到了雪地里为我冻得发红的小脚
我似乎只有努力才会让幼苗不受伤害
我一个人真的很累
爱情的誓言已经随着骗子的谎言飞向了异星球
颤巍巍地活下去
别成为卖火柴的小女孩

雪地里　一盏闪烁的灯

一盏孤独的灯光在雪天
在明亮的雪地里低着白色的鲜血
灯芯里是使用永久的爱填满的灯油
让你一生足够燃烧进所有的爱情之火
在万家灯火里
有一盏孤独的灯光正在照亮你回家的路
等待真如春天青草的干涸
在饥渴的身体里爬满了跳蚤
一盏孤独的灯光在亿万颗星光里闪烁
焦急的心在燃烧着灯芯跳跃的火焰
光芒里无法删除过去的记忆
你正迈着坚实的步履朝着家的方向奔去
今天下雪了吗？下了
在白色的雪地里我静静地等待你归来
你沿着这盏孤独的灯光线回来看我
看我迷茫的双眼　痛苦思念和忧伤
今天下雪了吗？下了
我为白色的世界感到幸福快乐
等待的脚步就是你匆忙的思念
在美丽的灯光里照亮你我生活

黑夜伸出你坚强的手

黑夜里伸出你坚强的手
护卫着属于你的灵魂
护卫着属于你的生命
护卫着你幸福的时刻
黑色的夜空下伸出你的手
一把无形的大伞给淋雨的她
让孤独的她在生命里写着赞歌
让漂泊的她有一个可以淋雨的梦想

黑色的路灯下你伸出坚强的手
挽着她冰冷的手臂走回属于你们的天地
给她一个温暖的被窝
给她一个快乐的老家
黑色的巷子里你要勇敢地伸出坚强的手
深深地勒进她肉感的肩膊
凭她如何地挣脱那份羞涩
凭她喋喋不休的撒娇呼吸
黑夜给了每个人一个黑色的梦想
黑夜给了每个人一个红色的黎明
黑夜给了每个人一个想爱的机会
黑色给了每个人回眸的百年好合
黑色的路途你伸出坚强的手

为她遮挡羞涩的目光

黑色的颠簸你又伸出坚强的手

为她迷茫的人生道路把握方向

黑色的麦田里收获着黑色希冀

黑色的梦想里奏响黑色乐章

黑色的孤独里写满了黑色记忆

黑色的音符里跳出黑色爱恋

黑色的回眸里蘸满了黑色墨汁

黑色的黎明里升起来黑色阳光

黑色小屋里拼打着黑色琴音

黑色的情感里只有黑色畅想

打开你黑色的臂膀

挽起属于你的黑色飞翔

打开你的黑色心扉

拥抱属于你的真正相濡以沫

伸出你坚强的手

握住这人生瞬间光芒

伸出你坚强的手

捧住这人生唯一一次真爱的希望

爱一个人 一定要忍耐

学会了忍耐是通向人间每一个通道的武器

坚持了忍耐是迈向幸福生活的基石

等待了漫长的孤独和忍耐

是一个女人做人的本分和无尽的折磨

爱他就要忍耐　世上哪有仙人

爱她就要忍耐　人间哪有仙女

在我的世界里　我深深的叹息

忍耐需要多么大的勇气和力量

爱他就要忍耐　因为他已经忍耐了很久

爱她就要忍耐　因为她已经等待得漫长

在我的世界里我深深吮吸痛苦的灵魂

忍耐是我用泪水和血水凝结的爱情

爱他就要忍耐他　因为他已经太疲惫了

爱她就要忍耐她因为她已经等得太累

在我的世界里　我深深感叹我追求的梦想

忍耐是编织我梦想的摇篮

爱他就忍耐他吧　哪怕是他致命的伤害

爱她就忍耐她吧　哪怕是她一生最痛的伤疤

在我的世界里　我深深呼吸他给我的纯净空气

忍耐是我们共同的爱情的抉择

爱他就要忍耐他因为他的世界里充满了疲惫

爱她就要忍耐她因为她的世界里写满了泪花

在我的世界里我深深地品尝黑夜的孤独与漫长忍耐它是我唯
　　一可以依靠的枷锁

爱他就要忍耐他

因为他白色的肌肤里爬满了伤疤

爱她就要忍耐她

因为她纯洁的世界里刻上你的繁华

爱他就要忍耐他

因为他苍白的发根里给你千真万确的爱情神话

爱她就要忍耐她

因为她真诚的爱情里填满了你鹤发鸡皮的童话

爱他就忍耐他吧

因为他无奈的叹息里织满了你的一千年的爱意

爱她就要忍耐她

因为她的魂魄里只剩下了你一辈子的纯洁记忆

爱他就要忍耐他

因为他付出了男人一切的爱情底线

爱她就要忍耐她

因为她托出了女人爱情所有的忠贞和温柔

爱他就要忍耐他

因为他拖着疲惫的身影穿行于茫茫的人群里

爱她就要忍耐她

因为她带着伤痕累累的心灵和你一生无悔同行

爱他爱她就要忍耐吧

因为你们的生活里充满了无奈

爱他爱她就要忍耐吧

因为你们还有漫长的爱情征程

很累，给我一个肩膀

风在你的枕边吹过
雨在你的泪里飞过
心中只有你无数记忆
泪水里珍藏你长长影子
也许
爱就是一场拼搏的空白
也许
爱就是一场伤害的轮回
也许
爱就是你不朽生灵的呼唤
我很累
只想爱你这个心里的飞絮
我很累
只想好好地枕着你的肩膀入睡
我很累
没有黑色的沉醉
同是一个心灵世界
风雨同舟是我们共同情怀
多少次离别我们心心相印
多少次召唤我们又聚起来
而男人心啊就像没有方向的风
任意被爱情摇摆了

同是拥有同样真爱

携手同心来成就我们的期待

因为爱能托起昨日太阳

爱也能描画出幸福月亮

可是男人可怜的爱心就只给自己发泄的瞬间

不想不说不爱不看不行不果

不恨不谈不情不易不从不因

风中摇曳的男人

会给你一颗守护的绿柳

还是你身旁的一株木棉

何人知晓

很累真的很累

我十分需要一个结实的肩膀

让我靠靠

空　旷

走在空茫街道上

似乎感觉自己是一个完美女人

可是瞬间的拼搏　告诉我　我只是一个忙碌的女人

走在空旷原野上

似乎感觉自己是个幸福的女人

可是生活的真实　告诉我　我只是梦里憧憬的女人

走在熟悉的小路上

似乎知道未来的日子是多么的凄惨

可是自己仍然使劲地挣扎　使劲寻找幸福

迷茫的情啊　迷茫的爱啊　迷茫的人啊

大路的方向在自己眼前就像爬满蛀虫的脚

疼痛自己　不知这一脚该迈向何方

我渴望那种真诚爱情

可以生死相依　不离不弃

为什么却是姗姗来迟

亦或者是匆匆离去

也许此生注定我此生

永远孤独　永远漂泊

永远寂寞　永远空旷

空旷得让我不知所措

空旷得让我遍体鳞伤

空旷得让我没有希望

空旷得让我破灭心伤
就这样匆匆成为人生过客
就这样成为草原上一只默默羔羊
就这样为自己的追求厮杀出一条绿色之光
我就这样独行　耳语不顾
我就这样追求　真理无限
不管别人流言蜚语　蔑视阳光
空旷的天空才是我一声的呼唤
空旷的草原才是我一生的向往
谁和我回草原？
谁和我共度孤独时光？
谁和我一生追求爱的真谛？
谁和我共同忍受人间的迷茫？

无形的世界

也许天有多大地就有多宽

这个问题在我很小时候

就问过妈妈

到了现在才知道

妈妈的回答是我一辈子的牵挂

杀手有时候　就直直站在你面前

这样的杀手根本不用怕因为你注定要死在他面前

最可怕的是那些已经准备杀死你而又面带微笑看着你的

才是这个世界上最厉害的无形杀

人啊　说点实话　做点实事　干点实活

对哪个年代都是一个正确的交代

总是活在无形的世界里

人会被抽干了血液

然后自己干巴掉

也许昨天的风尘　已经明白告诉你

人生的终点是谁也无法预料

它就像一只无形的大网

每个人都在网中央只不过时间不同而已

看破了泪水

才知道泪水咸涩

看破了红尘

才知道爱情没边

总是愿意期待彩虹绚烂

却不知道下雨时的悲惨

好久就这样呆呆地坐着

看着大千的世界

有什么是属于我？

每天奔波是那么有劲头

看着每张陌生的脸

动力就是活着？

不再抱有任何希望

谁也无法打动冰封尘埃

一颗死去的灵魂

怎么可能还在惦记自己肉体存在

曾经的渴望　是那么的强烈

曾经的追求　是那么的纯洁

可是在这茫茫的世界里

有谁会不顾一切为爱情而疯狂

现实枷锁　已经困死了五千年爱情翅膀

不爱自己生命就是在慢性地自杀

不爱自己爱情就是在无形地服毒

不爱自己亲人就是在冰冷地萎缩

不爱自己朋友就是在品尝着孤独

无数次为爱情而感动

无数次为悲心而流泪

可是　这世间哪里有无数次的生命给你？

思念的潮水总会在冬季里结冰

思念的源泉总会在激动时刻干枯

不管你是一个什么样的男人和女人
明天的太阳都不一定完全地属于你

我用一生在寻找

我在这茫茫的世界里寻找

寻找属于我的逍遥

从马背的哭声

到仙子的欢笑

我依然一个人在泥泞的路上奔跑

我自爱我勤劳我执着

有谁知道?

一颗驿动的心

在闪电劈雷的夜晚

紧缩在冰冷的心房

我渴望真情我渴望勇敢我渴望血性

可是在这个五指熏黑的世界里

一个真正的男人会奔跑在

明朗的星空夜里吗?

那他该有多么的神圣和伟大

我披着羊皮

寻找着大灰狼

宁肯失去一切

我也用心寻找

感觉世界的角落里

一定会有一块是干净的沃土

来时刻点燃我疲惫的眼睛

我渴望一个健康的身体

这样

我可以一辈子在寻找

用我的艺术来寻找

毫不厌倦毫不疲惫毫不停留

真怕在瞬间就失去了他的弥足珍贵

那天在照片里看到了他的眼神

纯真而迷茫

那黑色的夜晚里

听到他电话里清脆的话语

听到了他的无比激动的心跳

看到了未来的美好

可是

他也只不过是一只披着羊皮的大灰狼

比直接是兽皮的大灰狼还要更加地可怕和虚伪

我寻找着懵懂的少女时代

那时我真他妈的特别地害羞

看看男人的热辣的眼神

——就会怕得不敢再从他的面前走过

看看他写的情书

——就飞快地跑回自己的宿舍

那时的我真是个熊包

否则还用得着现在苦心地寻找

我大学没等到毕业

就走上了工作岗位

每天回味妈妈、爸爸的宿命论

我在深深地思虑

我今天做得对吗？

同事们对我是如何的印象？

事业的航舵该往哪一个方向行驶？

明天的生活会是一个什么样子？

我完全失去了最好的时光

可是总有那么一丝的安慰

得到了事业的一点点的收获

可是我完全失去了恋爱的假期

我不相信人会变老

可是90后一而再地在说

80后的观点已经落伍了

爱情观也要换一换了

这时候我才感觉到

有一种被伤害的感觉　我老了

可是我不能就这样的老去

我要看到下一次的日全食

看到下一次的世界大战的飘渺

看到下一次生命轮回的希望之城

我有些倦怠有些迷茫有些懊悔

还有一个那么好的男人

让我付出一生来寻找他吗？

他在哪里？

他真的不是披着羊皮的大灰狼吗？

如果他是大灰狼就直接地告诉我

我会接受真诚的大灰狼

却永远不会等待一只披着羊皮的大灰狼

因为我在用心寻找

漆黑的夜晚

我真的害怕了

我的门在赫赫的风声中吱吱地响着

门缝好像都可以进来一个女巫

小狗狗在诚恳地叫着

可是当震天的霹雳响声不断的时候

那只可爱的小狗偷偷地爬到了我的脚边

因为它也害怕了

我使劲地扯着被角

把自己的全身盖得严严实实的

我使劲思考明天的事情

那闪电把屋子里的画都照成了一个世界

我此时的心啊

有些颤抖有些哭泣有些悔恨

为什么还那么地苦心寻找？

明天就随便摘一个瓜尝尝算了

也许这个大傻瓜就可以让自己一辈子

安全　幸福　快乐美好温暖

天亮了雨停了继续了

我真的为自己哭泣

一个好好的女人

为什么要求真求全　求完美

男人也在寻找完美呢？

我开着车

看着忙碌的人群

你敢说每个人都是爱有所属吗？

那就不会有罗密欧与朱丽叶

那就不会有梁山伯与祝英台

那就不会有埃及艳后

那就不会有五千年的恩怨情仇

我寻找

我豁出命地寻找

我坚信

我会找到属于我的纯洁的天空

我寻找

我永不变的真心

我坚信

我等待的人会是一个血气方刚的男人

细雨蒙蒙的傍晚

细雨蒙蒙的傍晚

看到你的眼睛

一双美丽黑色的眼睛

给了我未来希望和光明

细雨蒙蒙的夜里

你看到了我稚嫩的心灵

一颗懵懂跳跃的红色心

给了你一生的激动和迷茫

细雨蒙蒙的早晨

我们一起挎着背包

走在湿漉漉的大街上

我们的心也是潮湿的

细雨蒙蒙的中午

我把做好的韭菜陷饺子

送到你单位门口

我高兴地打着伞看着你吃完

细雨蒙蒙的晚上

你把第一个月的工资拿来

给我买了一件白色连衣裙

你高兴地看我穿着它翩翩起舞

今天又是细雨蒙蒙的天

我在这里忙碌地工作

你在那里辛苦地站岗
在翘首期盼
期盼如期相约在一把伞下
你还好吗？
远方细雨蒙蒙中的你
心里依然是潮湿的吗？
站在风中淋漓着细雨蒙蒙的爱

真诚释怀

好多次在自己的世界里感叹

感叹我的愚昧

感叹我的迟钝

感叹我的无耐

人生就像一场漂泊的港湾

有谁能知道明天

会停在哪一个属于你的港湾

多少次我在浩瀚的草原里

寻找灵魂的出处

寻找前世的姻缘

寻找七世的父母

多少次我把自己从梦中狠狠地踢醒

狠狠呼唤着生命

狠狠记忆着生灵

狠狠思念着父母

人生就像一个巨大的滚动的磨盘

把每个人的未来都记载成一个圆

有谁会知道明天

明天的你会在磨盘的什么地方?

谁会知道属于你的那块磨盘是不是在地球上?

多少次在书海里渴求人生的真谛

默默地祈祷着真谛的到来

默默地祝福着真谛的开怀

默默地挥写着真谛的畅快

多少次在别人的目光里苦苦地询问

询问你的意见对我的重要

询问你的想法对我的改变

询问你的哲学对我的勉励

人生就像一泻千里的大瀑布

流出去清澈的水

泼出去万里的缘

撒出去的众生份

有谁会真正领悟修行

多少次我闯进比赛和考试的大门

看看自己积累的德行

看看自己学识的能力

听听自己甜美的声音

多少次和伙伴们一起挽起手来

走过高高的田埂

走过泥泞的梯田

走过烫脚的沙漠

走过碧绿的草原

走过清澈的小河

走过绵延的山川

多少次扶着马背细细地思考

思考我的明天

思考我的未来

思考我的健康

思考我的梦想
思考我的人生
到现在这一刻啊
我对每件事情都真诚释怀

能给生命什么

从母体的孕育里

你没权利选择自己的生命

从母体的出生里

你有权利珍惜自己生命

一个生命的孕育

在母体里无限旋转着快乐

一个生命的剥离

在母体身躯内奋斗而出

生命啊

有多少人在祈求着你的延续

就连康熙大帝还要向天再借五百年

可是

谁又能给你生命的无限跨度

生命啊

在世生活的时候

总是觉得时间漫长

黑夜的沧桑

可是

当你即将离开人世的时候

知道吗?

满脑子都是要活下来的欲望

还有好多事情没有做完啊

给生命

一点宽容的时间

给生命

一丝爱心的安慰

给生命

一粒真诚的种子

给生命

一注梵音的清香

给生命

一份沉甸甸的回报

二十几年的路

多么的迷茫

多么的荒凉

多么的忧伤

二十几年的命

多么的轻贱

多么的践踏

多么的祸害

珍惜吧！你的生命还有几个二十年

珍惜吧！人的生命只有一次！

哪里还有什么来世啊！

我攀着崎岖的誓言

挡着自己的泪水

自己苦苦拽住生命的绳索

为的就是完成心中的愿望

我要好好地活着

因为不经历生死的人

永远都不会知道

人将要死时的痛苦

人要求生的强烈欲望

草原我依然迷恋

就像迷恋我的生命

河流我依然留恋

就像留恋我的爱情

马背我依然向往

就像向往我的生活

明天鲜花不知道为谁在开放

今天时光要片刻地珍惜

一束阳光

同样给你温暖

一片白云

同样给你细雨

一颗流星

同样给你愿望

一个星系

同样给你人类

拍拍你结实的胸膛

看看你能给生命什么

拍拍你稚嫩的脸庞

看看你能给生命什么

拍拍你一身的尘土

看看你能给生命什么

拍拍你苦难的旅途
看看你能给生命什么
拍拍你欢跳的心脏
看看你能给生命什么
沃土万里
总是你的生命陪你走完
江河千条
总是你的生命陪你游完
多少年的历史
都是鲜活的生命续写
多少代的江山
都是血性的生命卫护
而我们
能给生命什么

八月雨

一场雨悄然飘落

在梦的午夜之外

白玉兰在最后一滴

流浪水珠中

散落一地伤感话语

剧未展开

情节已经淋湿

往事在记忆中发霉

一把撑开的伞

把自己挡在风雨之外

心却长满绿色青苔

最近一周心压得特别低沉

我走近他

是因为他的坦诚

我离开他

是因为他的执着

一个事业男人在他爬坡的时候

我在细雨霏霏的夜里

只能为他孤独地祝福

我在人生茫然十字路口

曾经那么狠心地站在他的对面

看着他那深邃而又迷茫的眼神

看着他演戏时的剧照

我的心里

在一滴滴地滴血

我的眼里

在一滴滴地滴泪

外面的雨知道

我此时的心有多么痛

外面的风知道

他爱我的心有多么纯

看到央视旋转的舞台

有多少人在这里一夜成名

他真的成名了

因为他有这个实力

我远远地看着他

我不能在这样的一个场合里和他对语

军区总政演员和我积极地说话

我用一个多么陌生的眼神看着他

我怕他激动

怕他控制不住内心的愤怒

来问我为什么拒绝他

我悄悄地站在那里

很久很久

雨和泪水混合在一起

记住妈妈的话

你要是爱这个男人

就要知道为他付出　理解支持　珍惜

记住爸爸的话

你要爱这个男人

就要给这个男人自尊　坚强　真心　幸福

记住老师的话

你要在这个社会上生存

就要给每个人宽容　理解　真诚　奉献

记住同事的话

你要想在媒体这个队伍生根

就要懂得对同事感恩　团结　无私　努力

八月雨啊

你浸染我黑色的长发

让一颗潮湿的心在你染鬓的黑发间发芽

八月雨啊

你打湿了我遗忘的佳话

让我从兰州的归程中恨透了爱情的高尚

八月雨啊

你撕碎了一个少女二十几年的梦想

从此不再为爱情忧伤

爱要支持　爱要真心

八月雨啊

你敲破了童真的神话

从此不再为爱情难过

爱要珍惜　爱要理解

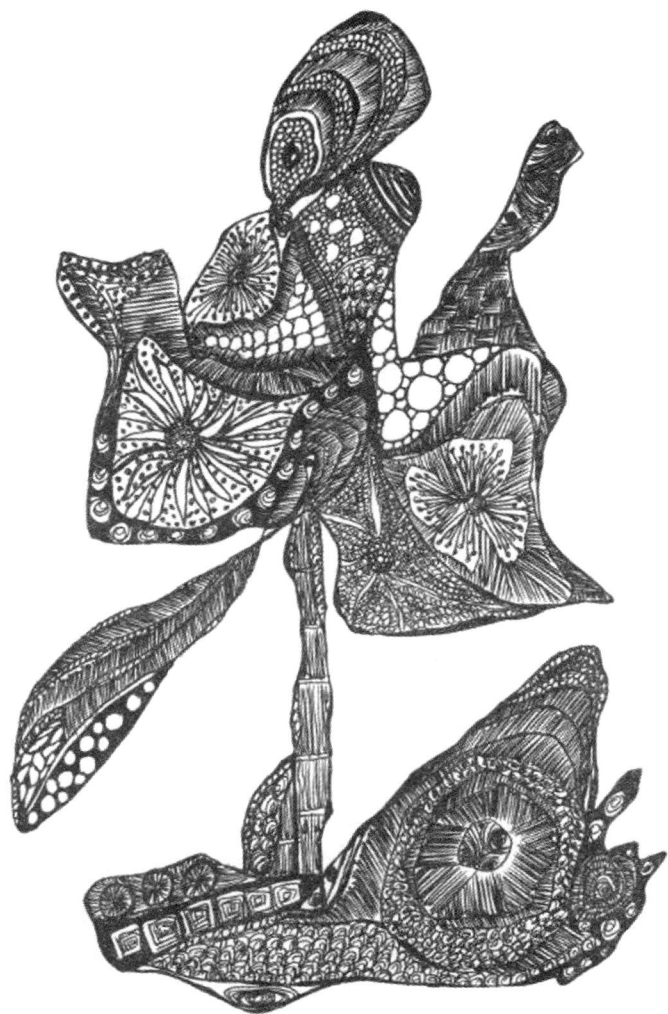

波德莱尔
安琪 2017-8-4

谁给你土地

谁能给你一片天

让你坐在云端

看世界风景

赏风花雪月

谁能给你一块地

让你尽情播撒花子

开尽人间花朵

满园香气四溢

谁给你一个怀抱

温暖你冰冷的身体

时时刻刻让你安全地死去

谁能给你一张满意的答卷

你可以随意答题

你也可以随意画上几笔

锦绣前程　鹏程万里

你也更可以出出考题

谁能给你一张床

结实无比

透气舒适

只有你自己

偶尔还有谁和你缠绵在一起

那是怎样的一个天地

梦想能照见现实
需要你和谁共同努力
谁　也在等待幸福

仗剑走天涯

我是女人

也没遗憾

昨天做梦

我要仗剑走天涯

抛弃爱情　亲情

还有什么牵挂

做一个自由的女神

把自己内心的苦闷融化

事业就在脚下

可走可跨过

人来一场

不拿出点豁达

何能看天下

小女子

狠下心

一切都抛在脑后

仗剑走天涯

何须牵挂

握紧你的双手，去看蓝天

——汶川 512

我从一个小小记者走到今天总策划

我从一个小小主持人走到今天的总导演

是国家一个个温暖的栏目把我捧到了现在

是前辈一双双热呼呼的手扶着我走了这么远

当年轻气盛的我

到达汶川的一瞬间

我哭了　哭得一塌糊涂

站在汶川地震的现场

想到了二十四小时新闻直播

看到汶川孩子从瓦砾中出来第一个动作

却是给解放军叔叔敬礼的画面

汶川的孩子真棒

这样的画面怎么不让世界汗颜

当我站在简易的帐篷前

泪水流了满面

一群失去学校的孩子

在这里抱着互相安慰取暖

汶川的孩子们

握紧你的双手

到外面的世界一起去看蓝天

我们在明媚的阳光里等待

祖国每天都心疼地看着你们

今天我依然在深深地祈祷

祈祷那里的孩子们健康温暖

看到新浪关于汶川的征文

我没有时间参与

而现在动笔从容地写出

是发自内心的肝肠寸断

热爱那些在汶川曾经牺牲的军人英雄

热爱那些救助灾区各个国家来的菩萨

热爱汶川遗孤们的满腔热血——重建家园　创造幸福空间

声音可以一次次地传递

生命可以一代代地延续

汶川的精神可以一回回地记忆

汶川的孩子们

握紧你的双手

和我们一起去看祖国的蓝天

征服自然靠的是智慧和双手

征服历史靠的是见证和双手

征服未来靠的是拼搏和双手

征服生命靠的是勤劳和双手

孩子们——握紧你的双手

在祖国明媚的阳光下

在社会的大家庭里

在世界紧紧拥在一起和平与发展的主旋律里

去看蓝天　去开创幸福生活

去看祖国的宏图伟业

去看未来世界变化万千

我流着眼泪对自己笑

我流着热辣辣的泪水
对着自己的悲哀而笑
我对着自己脆弱的生命
流着心酸的泪水
一夜的走红也许是偶然
但一辈子的努力是必然
我用自己的眼睛看着世界
我用自己沉重的双脚跋涉
心酸和坎坷
我无法用格尺来丈量
痛苦和哀号
我无法用语言来描绘
一天天的煎熬
使我非常地憔悴
一日日的苦楚
使我无法入睡
我使劲地擦去不属于我的泪水
可是咸咸的液体
已经滴进我苦涩的嘴里
你的行为已经到了人间的极端
你的电话已经打破了我的梦呓
你的蛮横已经撕扯了我的自尊

你的无知已经写出了卑鄙的字眼

无所谓

我流着泪水对自己呆呆地笑

无所谓

我对着自己迷茫的灵魂嗤嗤笑

无所谓

我对着你的惭愧而流着滚烫的泪

无所谓

无所谓

无所谓

时间会用珍惜的字眼写完你的憔悴

电话里你在北京

一个美丽而又痛苦的电话
拨开了我沉重的心弦
我站在央视茫茫演播大厅
却没有看到你的身影
你萎缩了吗
打了电话告诉我
你也在演播大厅
可是我看不到你
就因为我是导演你是演员吗
我在北京的天空里
看着你微笑的脸庞
感到阵阵的忧伤
你自己的笑容里好像在哭泣
一个倔强的肩膀伸到我的面前
你追求艺术的志趣
永远为你自己点亮
啊你在北京真好
我茫然的脸有了一个芬芳的方向
我独自在世纪坛的边缘
等待吹响
你已经准备已久的落寞惆怅
不知道你的到来

但知道你的存在

不知道你的用意

但知道你的爱恋

中华的大地敞开使者的帆

你一叶小舟还能拨开那沉甸甸的云端?

想着不该想的故事

唱着不该唱的歌曲

我一个人孤零零地站在舞台上

你绚丽夺目的演出

我只能观看

你满脸汗水

我只能默默注视

我不想打扰我平静的生活

我没有那个胆量

打着不该打的电话

你还在憎恨我什么

爱恋是你自己的挥洒

你自己的伤疤

有谁能帮你擦?

就是你在天涯海角

我依然牵挂

反正你在北京的日子

真好

幸福　快乐　潇洒　难忘

痛苦伴着泪花

暮　色

一个人　在暮色突然袭来时
想忍住悲伤
多么不容易
一个人　生在空旷的房间
时间却为她空出来
没有对话者
独自面对心灵
想忍住忧伤　多么的不容易
一个时光的弃儿
一个被命运不断放逐的过客
生命如细沙　如冰块
一点点地消失　融化
从骨缝间生出阵阵的寒意
多久没有仰望星辰
不再　向占卜者交出掌纹
多少次午夜梦回
不再探求
其间对未来的音乐
啊，请不要对我说什么理想
谈什么生活
那些缤纷的梦幻的气泡
都碎在心里

想想那些青春和承诺
是谁的笑声在风雨中飘落
啊，生活终于教会我独自
在夜幕中沉默
偶有几点生命的亮光闪烁
它唯一证明的是我还活着
而已

细雨霏霏

伴着细雨霏霏走过天桥
我真心祝福他快乐
他说和四川演员朋友喝酒
我要回家睡觉
因为给孩子们上课真是好累
北京的雨下一次真的很难
细雨霏霏跑入我的眼帘
我看到他在笑
在雨中欢笑
也许他看到了美好的未来
我一个人走过湿湿的小区
灯光依然让我感到了归航
一个孤独的心灵依然枕着孤独的梦
也许半夜醒来又被父亲托梦惊醒
看到爸爸骨瘦如柴地走向他的房间
痛苦的泪水
竟然淌湿了我的衣被
一个不能给父母幸福的孩子
无论她有多少光辉灿烂的日子
心底都是沉甸甸的
我渴望漫天的细雨啊
有哪一滴是为我流下

我仰天长叹啊

黑漆漆的夜

什么时候才有一颗流星划过

我想许一个美丽的愿望

让他一辈子幸福

让我一辈子健康

细雨霏霏的天空

下着通亮的雨　　那豆状的颗粒

来自于上帝的眼睛

夜夜有雨不停地落下

千百年来她就一直这样的纷纷地落

还要不停地落下去

甚至永远

雨中的记忆

三岁时爸爸背着我看着下雨

六岁时妈妈背着我看雨后彩虹

多少次细雨霏霏的夜晚啊

没有一颗是爸爸是妈妈

给我送到手心的一颗雨滴

我在这个天桥上

还要站立多久

才有一颗纯洁心灵的男人

把我扶上温暖的马背

我还要等待多久

才会被佛祖发现

我这虔诚信仰的人

给我几滴细细的雨
哪怕这几滴细雨
会完全融化我的灵魂

一个没心没肺的大男人

几天排练他变得极其糟糕

想安慰他几句又怕导演怪罪

我一个人走在茫茫雨巷里

北京几天阴天下雨

不再为语言而伤感

我已经不再是从前的傻瓜

看得出来你是一个没心没肺的大男人

我又何必把自己的细腻

当成对你的高贵

下雨的声音撕打着我沉重的心

雨水顺着你的脸颊淌下

我们争论学校的坠楼事件

你却毫不在意地说出

一个巴掌是拍不响的

我无语

难道你的言语里已经没有了同情

剩下的就是金钱吗?

我无法来面对你的存在

你可是一个国家培养的军人

一个军艺毕业的人才

一个诚挚的男人的费解

我无从说起

校区和小区的粉色的兰花开满了一地

你轻轻拾起来好奇地给我

为什么还没有开完就落了一地

我苦笑着看着你美丽的大眼睛

这是你一个感性的男人应该问的愚蠢问题吗？

毛毛在美女游来的秀腿之间穿梭着

仿佛这只美丽的公狗也知道女人的芳香

我微笑着看着雨中的女孩子

用一双性感的双脚在践踏着无尽泥泞和无尽浑水

电话响起来了

姐姐问我的归期

我告诉姐姐我想念她和外甥女

雨还在下着

那悠长悠长的雨巷

在我的视线里渐渐地模糊了

他给我一捧鲜花

我把他送上了南下列车

当车缓缓开启的时候

我心灵的闸门在这一刻却紧紧地关闭了

我心中的爱情啊

就像一场美丽的雨

淅淅沥沥　缠缠绵绵　杳杳无期

我猛然间回过头看他

看到他一双泪眼已经低迷

大颗大颗的泪珠混进雨里

我又能说什么呢？

爱就是一杯甘甜的酒啊
一个没心没肺的男人
还有什么泪水可以洗刷你的灵魂
我依然没有向前走一步
在雨中　华丽转身
深知
我一辈子怎么能交给
一个没心没肺的大男人

生命的冲刺

感谢佛祖

感谢朋友

感谢姐姐

感谢家人

我从死亡的边缘回来

我发誓这一辈子

真的不要生病

如果生病了就不要打点滴

我对药物过敏

致使我的生命呼吸几乎停止

我终于知道了

人的生死之间就在一瞬间

当时姐姐她们说什么话我全部听得清清楚楚

可是我的呼吸衰竭

心率达到每分钟 110 下

我以为是彻底地完了

我的心里一直在念着

阿弥陀佛的佛号

我心里一直想着我还有那么多的事情没有做完

我心里想着我还没有一个自己的孩子

我心里想着我还有那么多的知识没有传授给我的学生

我不能死

当时我昏昏地躺在医院的急诊抢救室里
我隔壁的房间里就躺着刚刚死去的一个人
我什么都明白可是就是不能说话
我死死地扯着我自己的心脏
不让它跳得太快
我要活下来
我真的活下来了
这次回老家
真的差一点就彻底地回家了
我还是一个幸运的孩子
我还是一个佛祖保佑的孩子
我还是一个对得起自己生命的孩子
我感谢生命
我感谢世界
我感谢未来
我感谢佛祖
我感谢朋友
我感谢生命的冲刺
我在死亡来临的瞬间想到的都是你们
我亲爱的朋友们

日　子

一把生锈的锯子，在腐烂的木头里
寻找火焰
那个水龙头，再也拧不紧了
水，一滴滴，滴下来
稻草人的衣服被一季的风雨撕扯
露出十字架般的骨头
一双丢弃在墙角的鞋子
底子上还沾着千里之外的泥泞
脚很柔软
但心早已磨出青春的老茧

远方　成长　空茫
——草原组诗

一

在自己的世界里说

草原大海都披满了神奇诱惑

他到达了我心中远方的岸和海

我一生都在向自己的岸边和大海走去

他的岸和海在我的眼睛里越来越殊途

没有被他的战友和亲人发现

更没有一个人来问过我

记忆的闸门已经被我深深地在巨流的海滩上锁着

爱情的潮水从他的心底无数次地涌起

敲打着他脆弱的心门

黑夜依然缠绕着他泪痕的脸庞

我能看见

他在固执地歌唱心中的歌

宽厚的肩膀正给他的儿子依偎

无法告诉的秘密

只能在向上天诉说

亲近在我生命的快递里走进苍茫的天空

我独自彷徨在自己小区的河沿

忍受麻痹的感情

他与河流的距离我不知道用什么样的尺子丈量着

仿佛我们不曾相思

秘密被完全锁在小盒子里

不远的草原正生长着绿色的生命

我和我的诗歌低下了头

各有各自的梦和生活

思念在佛乐声中渐渐地消失

并没有他当初的激动和遥望

21 世纪的

草根的火热

紧紧贴近诗人和他灵魂的思索

还用得着死去活来的眼神

困惑地望着属于纯真的飘摇世界

与草原的沙漠一同喝着魂魄

我在美丽的马背上欢笑

我什么都没有了

只有一颗属于自己的心跳

落日无情地把我打成一片橙红色的影子

是无法预言的结果

是大自然给我生命的一次神秘的契合

二

我满身伤痕地向前走着

孤独　寂寞　冷静　沉着

他就像在暴风雨背后给我一个晴天霹雳

就要把我的灵魂一起卷入大海

最后告诉我

不，河还在陆地上走着

用自己的生命在蠕动

河水和诗人都像我心中的圣水湖一样浮动着

看不见岸边

看不见绳索

看不见浪花

看不见船舰

看得见草原

只有扭曲的没有姿态的流动和萎缩

我走过草原前面宽宽的河流

渐渐地感到我生命的潮水在接近地平线的沉默

河流依然在动情着

但是那蓝蓝的水啊

不再为我细心地诉说

浩瀚的大海只有在人们面前显得那么空灵

而在天空护卫下却是一片蓝色的陆地

美丽草原

属于诗人心灵的世界

背后是一望无际的大陆

是沉浸在茫茫草原绿色的雾里

从遥远的青海格尔木传来了钟声

那是另一个让我眷恋的海

他是唯一的一个海

是寺院的钟声告诉我

他的心对我是那么的虔诚

我怎么忍心伤害一个爱着我的心灵

三

我走向遥远的草原和大山的结合点

这里是我的世界

最遥远的

也是最深的

最美丽的

也是最陌生的

最热恋的

也是最痛苦的

无边无沿遥远的地方啊

他的宽阔还没有什么界限

他的高度还没有天上的神鹰飞跃的雷电触及到的高

他古老的图腾是我艺术永恒的画卷

一个可以不断延续我梦想的摇篮

我在大海上就无限地向往着陆地

他是一个凄凄美丽的发现者

他曾经攀越每一个难走过的草原

经受了草原的亮丽和颠沛

他渡过无数条河流

终于看到了孱弱的我

正躺在草原的基点

经受荆棘的弥漫和航线的遥远
更没有一个属于你的港湾

四

我不知道我最后一首动情的诗歌是写给谁的
写给宋朝的李清照
写给唐朝的杨贵妃
写给清朝的乾隆爷
写给我的祖宗成吉思汗吧
草原后代在不断用自己的真心找寻真正的黄金海岸
我在人世的浮沉中走着
可是他却不断发现走向大陆的彼岸
哥伦布是最初克服地心引力的世界强人
李四光是中国最早预测四大震区的科学家
他们距离我们是那么接近
能清楚地看到我们
可以望见我们踟蹰的脚步
可以窥见我们弯曲的背影
还看到了属于一代又一代挥霍的谎言
还看到了未来的海和岸

五

啊，黄河就要流入美丽的大海了吗
河岸在大陆成为最壮观的海岸线

黄黄的河水就要成为大海的蓝色

他们就要相遇了而且是一辈子的融合

河水知道吗？

河岸知道吗？

大海不知道啊

海岸也不知道啊

他们各自流动着自己生命的曙光，延伸生命的黎明啊

河流为了大海而放弃自己的岸边吗？

为了越过自己的河流

只能在自己命运的潺喘中度过

但有个孩子知道

河流怎么可以放弃自己的流向

河流怎么就知道大海不是自己唯一的终结呢？

我和他都默默地走向海和草原

他和我都无声地走向草原和河

我们共同地走向远方的草原

走向属于我们的空旷的更没有脚印的桥边

他的船停在了大海的浪尖上

我的足迹在茫茫草原延伸

依靠着侥幸，永远也无法达到我们心中的海和河的岸边

六

山和草原的结合点是在我们追求的空间里

海和河的壮丽

比陆地更加雄伟

那里不正是成吉思汗的脚印写下的诗篇

那里不正是蒙古女人血汗挥洒的文字

那里是蒙古马飞奔的家园

那里是纯净自由的空白

空旷总是在最纯洁的地方

没有所谓的边界

没有所谓的轮廓

没有需要的理由

没有流泪的诉说

只有美丽大雁排成两行的行程

只有美丽燕子一队衔泥的飞过

只有用心灵编织的眼睛和丰满的羽翼开拓属于自己的天空

只有用爱的风帆扯起的脚趾感触草原和绿色遥远的世界

向着自己性灵的触摸处给灵魂一个安慰

向着自己宇宙的心灵处给生命一个呼唤

美丽大草原成了我写作灵感一种看不见的根源

一种永远作用于我生命艺术天堂的深度　厚度　尺度和契约

弯下腰　重拾人生魅力

有这样的一对夫妻

在一个丛林找回了失去的爱情

因为他们看到了在加拿大魁北克这座城里

一种让人想象不到的变换景观

只有西坡

才长满松树　柏树　女贞树

而东坡却是常年的雪松

当二位在此地支起了帐篷

在这里过夜的时候

一场大雪封闭了行程

彼此为了那些矛盾事情难过

东坡的大雪越来越厚

西坡有好多强壮的各种树的肢体

在狂风和大雪中都折断了

而东坡的松树却是在雪大的时候弯下自己的腰肢

等到雪小点的时候再伸展自己身体

就这样一夜的大雪

只有东坡的松树还在

西坡所有美丽的树枝在一夜之间

全部地光秃了

因为他们没有学会在最困难的时候弯下腰

来承受生活带来的沉重压力

丈夫说

东坡肯定也长过杂树的

只是不会弯曲腰肢才会被大雪摧毁了

妻子似乎明白了丈夫

就在这个时刻

夫妻二人紧紧拥抱在一起

把过去的矛盾

都化作了飘落雪花

弯腰的那一刻

为的是释下重负

等待再一次看到新的挺立

避免被压断的结局

弯曲

并不是低头　或者是失败

而是一种重新面对弹性生活的独特方式

是一种不把自己摧毁的生活艺术

我好羡慕这对夫妻

自己的矛盾

在乱哄哄的世界里

用一种和植物生存的方式对比

还有这样的高雅和清醒

迎接生活的艺术之光

弯腰是为了重拾人生的魅力

回家　茫然

一个茫然而又亲切的字眼

回家

我的家又在哪里啊？

看看爸爸妈妈的坟墓

看看爷爷奶奶的坟墓

看看姥姥姥爷的坟墓

一个人披着刺骨的风

在茫茫的北京大地离去

回到草原和蒙古包的怀抱

9 天的假期是我春节的节约

我期待和家人的重逢

希望工程的姐姐

祖宗留下的哥哥姐姐侄男格女

我的心被深深地撕扯着

撕裂不断的血缘

回家

看看妈妈爸爸的泪水

是否已经湿透的坟头

这个不孝的女儿

已经三年没有到您们的坟前哭泣

因为这次我实在熬不住

一定要把自己的心里话和爸爸妈妈

深情地诉说

我最怕的就是假期

哪怕只有一天

我都会一个人和小狗毛毛

傻傻瞪着茫然的双眼

你看看我

我看看你

生活的空间只有这么狭隘的天地

我想有热闹的环境

所以单位的同事喜欢我的热情

没有我的日子

我的电话总是响起

回家的感觉很激动

不管有没有什么

可以依附的生命

只有自己的行程和疲惫的归期

我喜欢一个人

走在拥挤的车厢里

飞机的轰鸣

让我无法受用

也许我是个农民的孩子吧

回家

谁又能抗拒这样的诱惑力？

谁又能把自己无助的泪水洒给大地？

谁又能不把自己的幸福留给家乡的土地？

谁又能把祖宗的历史涂改？

回家
茫然

乌兰察布油菜花

黄色小花沾满裤脚

绿色小草亲吻额头

一大片一大片油菜花

就像蒙古姑娘的袖手

蒙古大营飘落歌曲

蒙古汉子骑马射箭

杀声震震消失耳畔

油菜花呀

你的黄色占满蓝天

佛说

心灵干净的人

还能看到苍生天

赐给油菜花的女神

听到油菜花的笑声

我知道

油菜花

不讨厌一个懂她的人

一辈子的困惑　我不知道

有人断言以后世界里男人和女人一样
我非常困惑
把我素白面孔对着苍天大喊着
我还是一个不经世故的女人
有人断言 90 后的孩子可以上天
脚步却总是走在历史边缘
始终不敢相信
世界屋脊会在一个时代孩子的天边
有人断言人死后是存在灵魂的
因为物质不灭的理论
我的面孔只有对着大地诉说
天堂的脚步真的那么好走吗？
有人断言善良的孩子总有软弱一刻
我在诗歌中找寻这样的哲理
人死后到底是在哪个世界里徘徊
天堂　佛国　地狱　六道
一辈子的困惑——我不知道

梦在情怀里飘落

我的梦
从草原带来
在飘雨的北京跌落下来
只记得在我儿时伙伴里
有一匹黑骏马
被带到了飞机上
我顺着这样的方向
不离不弃地走到北京
他再也没有回草原
我的梦从来没有上过美丽的飞机
也没有飞上高高的槐树
有一年我偶尔爬上诗歌的梯子
可是却被狠狠地摔下来
因为他在梯子最上端踩我一脚
我没有警觉
又一次爬上另一个诗歌的梯子
他又一次把我从上面拽下来
这次是他把梯子从下面拿走
我摔得满身的伤痕
我的梦在情感天空里醒了
这个物欲横流社会
还有真正爱情吗?

我那个从草原带来的纯真的梦

是不是飘落了？

难道在这个都市里

也找不到真正纯真的感情

我还是不信

又一次爬上属于文明人才写的诗歌梯子

这一次我被送上了云端

他在梯子底下挖一个　早已经想好的深坑

有人和我说

你这就叫自作自受

他永远把你的破梦

埋在深深的垃圾坑里

我终于知道了

草原来的孩子

真是一个傻傻的孩子

把自己珍藏多年的美梦

飘落在不应该飘落的情怀里

我的梦醒了

生活里的　苍蝇

一只苍蝇并不觉得恶心

而上百只苍蝇就会让你难受

绕屋梁乱飞

偶尔还会在嫩白脸上亲吻一下

时间在飞快旋转

而苍蝇依然散沙般低飞在你周围

他是时间和爱情以外的东西

是这个世界最让人恶心

也是最让人难以在第一时间抓到的臭

我总是在生活里回避

怕碰到这样使我难受的苍蝇

然而总是会有那么一只或者几只在我身边生存者

我小心地躲开他

可他会藏在白色墙壁的犄角里

搓搓手擦擦脸还会找个最合适的机会

来到你面前

给你最意想不到的难看

会给你时刻意想不到的困惑

他警戒的眼睛

甚至装作什么都不知道

还要拉你一额头的臭屎

睥睨我这个虚幻世界的存在

他的呼吸

牵引着整个人类纯洁空气的呼吸

请安静吧

我们大家真的都很疲惫

我猛然用一个美丽拍子打他

可是一贯狡猾的他从拍子夹缝间迅速开溜

而我自己留在墙上扭曲的影子

在我生命的诗航里急速滑落

我怎么能够对付一只狡猾的苍蝇

他在人类的生活里已经撺掇了上千年的历史

我无法更改

我无法抹杀

我无法平衡

生活里的一只甚至万万只苍蝇

悲伤的禹

春色萧萧

从我身边跑过

夏天已经到来

禹的荒凉

禹黑色的沟壑

在身边慢慢地爬行

聪明的他却没有留下一点的镜影

唯一闪耀的是黄色刺骨的郁金香花朵的芳香

我被自己的影子狠狠地拎着

像一把红色盒子里的马头琴

孤独地独唱

唯一想说的

别在电话里不承认过去的爱情

过去就是你的历史

无法抹杀

你说的爱情

在我无法能够伸手触及的地方闪烁

如同在当今当铺里的银子

纯洁而闲置着

我的驾照考试通过了

禹的心理有了一丝的牵挂

因为我不想无证驾驶

包括我的爱情

悲伤禹

就像沙漠里哭泣的骆驼

我农村的根

我的根在农村

是绿绿的叶子

一生一世地在地下　草原里　河流里

默默生长着　流淌着

向下　向远方

我总是为自己诉说地下有一个更加明亮的太阳

听不见草原枝头鸟儿的欢畅

感觉不到河流温柔的抚摸

但是我依旧坦然

我的世界就好似委屈和憋屈重合

我自由身躯在天堂里飞过

花要开的季节

我跟枝叶同样有一种幸福的干劲儿

沉甸甸果实

注满了我一辈子心血

草原依旧是那么的翠绿

静静的河流依然流淌着

我农村的根还在吗？

走出茫茫草原

会忘记自己的初心吗？

生眷恋

黑夜压抑内脏

白天触摸灵魂

人有时

绝对轻生

也许在梦里

无法抗拒　无法回避

醒来时

那秦时明月汉时关

万马奔腾的草原

那诺亚方舟的飞起

都烟消云散

生

眷恋

讲　课

北京下雨心情压抑

就写下一首打油诗

中午在导师家　我大口大口吃饭

师母一直问　我没有直接回答

雷老师考博　知道他读国外

雨一直下　匆匆下楼

去替导师给学生上课

是台长班

各地方台长　我一个都不认识

一个帅气的回答问题

我惊讶不说话

是老台长来　竟然没去看他

我都不知道　老台长来学习

匆忙讲课

五年前

我是坐在下面听台长讲话

过去的天空　我在梦里泪下

地上藕　丝丝在牵挂

河里鱼　我不拿一鳞一条

女人可怕的过去

不要在乎别人的说法

你就是笨蛋的你

累死

也不要活在别人梦里

走出去

前面就是个天

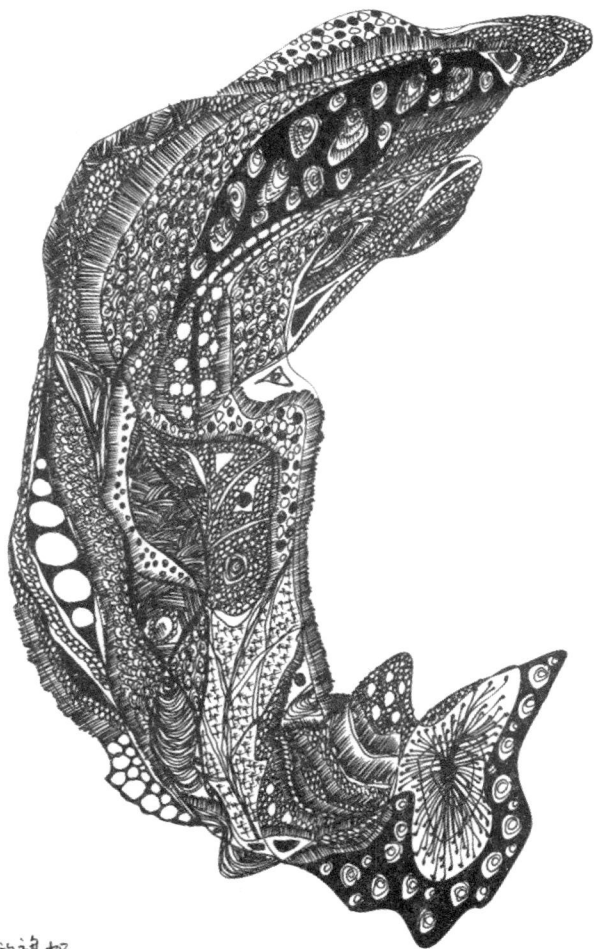

周日上午的演恨.
安琪 2017-9-12

一叶漂萍

一叶漂萍

满身补丁

粗布寒酸裹体

记不得离开妈妈怀抱

有多久多久

只知道村子尽头　是达到知识海洋的起点

很远　很远　还是很远

大海的啸声根本不给

一个安全彼岸

大海在翻腾的浪花里根本就不相信有彼岸

一叶的漂萍

相信蔚蓝的大海尽头

一定有彼岸

多年沉默大海深处

呻吟

五千年祖先不朽盖世的遗言

在风雨交加的日子里痛苦地挣扎

命运就睡在安详的床上和幸福田园

不管飓风　霹雳　虹霓　流言

狠狠地撕开粗布蓝衫的体魄，追逐梦想的摇篮

倾斜的船载着大海的愿望

在痛苦叫喊

船帆在大海中

悲壮地唱着通俗歌曲

海水用它的咸涩

狠狠冲刷着颤抖的灵魂

一身全是咸咸的　瑟瑟的　盐粒

那满世界奔跑的闪电

狂杀满身的伤痕

太阳在沉默很久很久之后的日子里

在一片黑茫茫的大海上

我依然在一个角落里闪亮

在我衣衫褴褛的背后遥远的彼岸上

人们在闪电之中　用一种异样的目光看着我

我在这个伟大的宇宙变得是那么的渺小　一闪一闪的

人们说大海多么地广阔啊

人们说闪电多么地耀眼啊

人们还说我这一叶小小的漂萍

我多么地飘逸　多么地神秘　多么地沧桑

人们哪里能听得清楚啊

我大声呜呜的哭叫的声音

我在大海上是怎样地逃脱着生命的枷锁

我也是和人类一样

变成海滩上那一座座石碑吗？

动荡不宁的碑　闪烁迷离的碑　六道轮回的碑

大海在日子里

时刻想把灵魂吞没

因为我是一叶漂萍

我永远都会在激流浪滩上摸索爬行

我永远追求大海宽阔的灵魂

我永远拥抱生命不沉的彼岸

半个圆

这是真的　我看见过半个皮球
在一个荒凉的篮球场上
像一个婴儿
为了开辟迎面的世界风暴
侧着身子在地面上
坚强挺立着
好像是被历史寒意劈开
从一个滚圆的球体变成了半圆
齐刷刷被劈成了两半
春天已经来到了
那半个皮球依然在地上直直站立
四周却长满了青青嫩草
干枝
半个皮球
依然像整个皮球那样滚圆
还是
依然像整个皮球在篮球场上　那种不服输的庄严
人们都在这里细细地品味　人们在这里说道
皮球怎么可以劈成两半？
因为它是那么的浑圆　那么的美丽
也许命运的利剑在遥远的时代　就已经一直在盯着它
也许世界的风雨在很多的时候　就已经和它约好了半圆

我心中的奔马

跑过万里沙漠才有涓涓河流
跑过一千里茫茫沙丘才有青青草原
狂风天三月四月里
美丽蒙古高原是火火的方圆
只有奔腾的骏马
四角在干燥的空气里飞奔
胸口的狂风嗤嗤作响
才可以不畏艰险穿过几千里
闷热的风尘
汗水全被自己的泪水吹过
泪水结晶成奔马红色的斑纹　梦中沧桑的泪痕
汗水流进了马背的鞍子
胆汁流进了身体每个部位
向茫茫草原冲刺的凶猛目光
宽宽脚印证实了土地的肥沃
寂寞向自己生命　呐喊
从丰胸到美丽浑圆的臀部
从健壮的腿到飞奔的脚
拼出一粒粒带着粘性的血球
飞奔
在这个世界上
只有我心中的奔马

血管和自己的淋巴始终

站在一个美丽的时空

马脚上并没有鸟儿翅膀

四蹄却生出雄风

奔马不懂人心中神话　爱情酒杯

它在这个美丽旷野上

只知道向前无限奔跑

浑身冒出雄性血气　母性温柔

为了翻越世界屋脊　世界版图

还有那心中永远无法解开的云端

生命在马蹄声中不停奔跑着

流尽身体里最后一滴鲜红的血液

用自己不朽的意志

奔跑的四蹄

把世界土地丈量

我心中的奔马啊

扑倒在生命顶点

心灵干涸

染成了一朵兰花

红色兰花

染红了一生思念

一辈子牵挂

看见岁月

数不尽沧桑

数不尽年轮

骑着银色骏马离开

岁月的足迹越走越稠密

一个飘渺弱小的我还在

是什么从四面八方追来

我走到哪里　哪里就有个蒙古奶茶清香

我停在哪里　哪里就是漫天水仙花

这是悲伤盛开的季节

这是希望播种的土地之魂

人们都在冰冻的土地里睡觉　我却慢慢醒来

拍打沉重的翅膀

雪把灵魂　压出了更加苍老的皱纹

我看见岁月　在各种各样的环境里生长

有归路地生存着

寒冷的母亲把自己冰冷的身体向外

而把热乎乎的心给我

只有我迎着风雪　站在时代的边角

一年又一年的脸色画着苍凉

时间把草原染成了绿色

力量在生命里是那么的顿顿挫挫　唯唯诺诺

我该怎么样分配稚嫩的日子

把岁月里的爱情
生命神话讲完
把草原那圣洁光芒
融入所有绿色
让生命看见岁月
飞上彩云之巅

涌入的光芒

窗外是长长的植物
在细雨的吮吸中成长
阳光透明得就像一条巨龙
把所有生物都保护在自己的腋下
就像生命里一列开往世纪末的火车
也许永远都看不见他头部在哪
郊区别墅在瑟瑟微风里颤抖
像傲慢爬行的螃蟹
太阳光芒使无数的别墅在闪烁着
宇宙疯狂的火海
在瞬间就告诉人类
别墅也是人类的坟墓
一个不朽的地球
足够你在上面奔跑
土化成一段一段寂寞的抚摸
清算的时刻到了
就是整个世界也无法补救
只能自己给自己唱着悲伤的挽歌

赛里木湖美

海拔老大
体表老大
高山湖泊
暖湿气流
在新疆那里
鱼肥矿美
门票九九
草原风光
油菜遍地
在赛里木湖
湖天一色
倒影婆娑
牛马羊群
遍布湖色
在赛里木湖
傍晚漫步
唱着山歌
吹着口哨
湖光月色
在赛里木湖
仙女飘在水中央
飞去要摘下月亮

给你当宝贝

牛郎在岸上喊

别忘了给我带封信

捎给七姑娘

雨后彩虹

洁白的羊群

水中仙女唱着

赛里木湖美

荡气回肠

风还在你心里吹

哭泣的声音在梦里

身边没有蜡烛

站在海边大声喊我名字

枕边没有温柔

远方的沙漠哥哥

你犹豫的样子

一颗滴血的心

在风中找寻幸福黄昏

在高楼大厦缝隙间看到你的背影

心中无限裂痕

在临睡前的十分钟

为远方深深思念

是不是在此刻

有一种不安心

就连排练都要溜号

来北京吧

我们一起生活

哪怕吃糠咽菜

我会衷心地对你

一起建设我们的艺术天地

来北京吧

这里是最好的发展空间

你行的

我会为你端茶倒水

煮饭熨衣服

捂被子

写剧本

说专业知识给你一个人听

奉献我的热情和忠贞

我自己多么地形单影只

当发生很多意想不到的事情时

我心里是多么的茫然

我自己在空荡荡的房子里

来回地踱步

不知道此刻的你在干什么

无形的折磨

精神　肉体

眼睛里无限诱惑

我懂

风还在你的心里吹

梦里充满光辉

心里充满泪水

远方的沙漠里的哥哥

天空的风里有你

不朽的爱情誓言

我期待

时间能逆转

你到来

让我生命延续

我是一个爱做梦的女孩子

昨天漆黑夜里又梦见了妈妈

为什么总是在逝去的亲人里来找寻

一排排洁白的蒙古包里

有妈妈的叹息声

有妈妈的笑声

我在细细思考

是不是还要延续我的生命

我特别喜欢小孩子

妈妈希望我能生几个

聪明、听话、上进的宝宝

未来日子里该如何地度过

生命火种要找到延续火焰

在深夜的窗帘下思考

生命在呼吸中不断飞走

有一份不同感觉

呼吸干净

遵循自然规律的女人

就应该生孩子

否则遗憾

即使有黄金百车　撒手尘缘的时候

只有你的孩子

会在你荒凉的坟茔上

添加一把湿湿的　黏黏的泥土

生命

有分不清的浪漫和泪水

一个远方的承诺

在梦里看到穿着红色的背心在草原上奔跑的男人

找到了延续生命的河流、绿树、青草、阳光

为梦中的他

红骏马

延续我们的生命

生几个属于我们的孩子

聪明、美丽、上进

艺术、未来、世界

重复母亲付出的概念

女人就要好好生几个

可爱的孩子

那才是一生最好的财富

生命链

期待着我生命在延续的

那一美好时刻

美丽的秋千

今天真让我陶醉

看到了佛祖微笑

听到心乱跳

找到了儿时的感觉

摸到了儿时的心跳

在小区广场上

第一次看见儿时的秋千

一个黑色皮带扯着纯真的微笑

也许孩提时代的我

还没有如此享受世间

美丽　秋千

记得在草原东头

有一眼深深水井

真不亚于张艺谋《老井》中那口干枯的井水甘甜

坐在秋千上　摇晃

似乎天地之间偶然走来一个小小的新我

没有痛苦　没有想念

剩下的只是天地之间那恢弘的爱

坐在秋千上找回失去的童年时光

眼前却是高楼大厦

花花绿绿的世界

在眼睛里

乱晃成虚伪的一片

身体好像缺少了零部件

秋千周围是黑黑的土地

绿色树叶

欢声笑语

秋千的黑色皮带

变成了城市的缕缕青烟

变成了妈妈亲吻的泪痕

天地默契

在瞬间全部身心融入大地

天地之大　大过生命的征程

天地之宽　宽过人生的宿命

秋千在我的心里晃动着

不仅仅是心里

秋千更使劲地晃动着我细细的生命

我在微风里感受童年气息

妈妈的温暖的手

爸爸结实的肩膀

失去父母后

那刮骨开皮孤独的童年

过去的不再记起

伤害太深

渴望生活

美好

离我近点

就那么一点点

过去两地遥遥无期的

相思

已经化作了绵绵的细雨

等待春天再来

把你的眼睛湿润

玉兰绽放

一颗小小的玉兰
生长在草原深处
经过阳光雨露的洗礼
经过万马奔腾的脚下
经过佛光恩典的沐浴
玉兰在草原上
孤独地开花
时光
凭你刺伤
我的爱在我的诗歌里
尽情绽放

一切释然

黑暗中
铁轨咔咔响
心越来越远
远到无法呼吸
远到天边云端
远到乳房疼痛
远到一切释然

耳语苍穹

我在养子巴图床边
看着他做梦大笑的样子
我在地铁上
看着美女拨弄着自己的头发
我在草原上
看着万马奔腾的景观
我在角落里
听着自己哭泣的声音
大千世界
滚滚红尘
痛苦从我的左手跑到了右手
快乐从我的右脚跑到了左脚
我能说什么
我对着天地
耳语
我对着灵魂
苍穹
我对着轮回转世回来的我
耳语苍穹

潮起潮落

远眺河流
涓涓流水涌入心头
那不是
一般的涌入
而是经过九十九道弯
漂洗了故事和春秋
远眺草原
草原茫茫一片飞入心头
那不是
一般的飞入
是经过万马奔腾的喧嚣
沾染了血色和剑鞘
远眺长城
人流拥挤进眼球
那不是
一般的人流
是走在长城上和埋在地下的
远眺故宫
皇帝们跑到门口
那不是
一般的跑到
是五千年帝国的缩影和历史

远眺累了

潮起潮落

天下逍遥

看花开花败

秋天
你不冷
我不爱
装在瓶子里
生命无奈
等待
没有自由
没有表白
只有最后的枯萎
落叶
花衰
你看不到我
我也存在
你不爱我
我也有人爱
群花一起凋谢
你的怎么例外
我围观
你秋季还来
看花开花败
人生豪迈

梦想开始的地方

曦曦今天生日

养子巴图也去参加

宝贝们去蹭蛋糕吃

吃吧　吃吧

这是你们人生幼儿阶段的生日蛋糕

明天

你们要整装待发

你们要精神饱满

你们要忐忑不安

去面对

新的集体生活

小学

新班级　新同学　新老师　新知识

这里是你们追求梦想开始的地方

这里是你们人生起航的地方

这里是你们从幼儿园到少年的地方

作为妈妈

祝福你们

作为老师

祝福你们

作为诗人

更是祝福你们写出人生华丽的诗篇

不能小看

小学

将来会是你一生难忘的地方

孩子们

收起你的玩心

收起你的拈拈

收起你的任性

小学

你的一切从这里

起飞

远航

孩子们

二十年后

你们会是祖国的栋梁

带着黑色泥土

男人的世界

就像一个黑色的洞

比女人

深邃

男人的虚伪

就像滑梯

顺势而下

不管滑落多远

只有一双狡猾的眼睛

盯着机会

男人的身体

就像黑色　棕色　古铜色的山丘

女人把带着黑色泥土的肉

放进你的山丘里

创造人间奇迹

大地　麦田　阳光　果实

蔓延着人类的文明

让我无限着迷

然后是苦　是痛

是写不尽的人生悲剧

初秋雨

多情的初秋雨

是一夜流泪的诗

冰冷的初秋雨

打湿了衣襟

滑落了梦

叽叽喳喳的燕子

在房廊间筑巢

鸣叫

鸟儿的语言我听不懂

但是

我感觉到

好像在说

你愿意选择雨天出行

我愿意在阳光灿烂的日子出行

不管你怎么诱惑

我还是选择自己的

路线　蓝天

飞行

给 你

如果我在一个美丽的清晨
突然死去　给你好吗
因为我的灵魂里有你的丝丝印记
如果我在一个正午阳光的时刻死了
把我纯洁的灵魂给你好吗
因为我的身体里没有你一丝的牵扯
如果我在一个黄昏的夜晚
——孤独地死在了草原上
把我洁白的玉体给你　好吗
因为人世间的含苞待放的世界
——你还没有让我细细地品尝
如果我在一个飘雨的日子里死了
去找我在那个世界里的爸爸和妈妈
我把我一颗鲜红的心给你　好吗
因为你在几个王国里把我一颗纯真的心
——苦苦地掠夺到了你的高原上
我不愿看见你再流泪
也不愿看见你再伤悲
寂寞的深夜里是否有人把你来陪
风来了雨下了
花儿都谢了
爱远了　情走了

星星也哭了

秋来了　叶落了

随风飘远了

冬来了　雪下了

剩下我一个

你是真的爱我吗

为何梦中喊着她

眼泪发现自己的脆弱

陶醉在誓言里的谎话

你是真的爱我吗

听着你敷衍的回答

我是深深坠落在你的陷阱

不可自拔

我是哭泣的草原

风中含苞的花蕊

被你冷落在遗忘的世界

慢慢下坠

我是哭泣的草原和骆驼

随着风儿掉眼泪

漫漫长夜只有那回忆

寂寞包围

漫漫长夜不再有眼泪

哭泣的毡房和草原啊

深的夜，冷的风

你说的话还在耳中

爱你那么浓，伤得这样重

寒风吹入胸，也不觉得冻

我的情，你的心，

还能否重叠在一起

过往的美丽，甜蜜的回忆

只有我还停留在追忆里

你知道我对你的爱恋，无法改变

眼泪模糊视线，还要看到你的出现

我知道你回不到从前，在我心间

就是沧海桑田，也要见你最后一面

不是说好吗

要永远在一起

不是说好吗

要永远不分离

不是说好吗

要永远不放弃

不是说好吗

我们一起努力

想起过去的誓言

做回幸福的女人

一个女人在外面奔波
一个男人朋友来到家里
收拾卫生　厨房亮了
屋子干净了　墙壁白了
男人的腰钓鱼扭了
依然在抽着烟
看着阿姨扭臀离去的背影
给女人收拾屋子
最后女人笑了
心里美滋滋的
身体膨胀了
幸福的泪水打湿了心灵
女人都三十了
屋子　身体　心灵
第一次被一个北京男人
带着伤痛做彻底打扫
恍惚间女人才明白
人活着呀
海誓山盟　挫骨扬灰的
爱情
就是简简单单
干干净净

实实在在地
做回幸福的女人

看 戏

天高云淡

走在海淀剧场的面前

年轻

激情

浪漫

愤青

在这个有着太阳和月亮的地方

一群疯子和一群傻子

成全了剧场

看云舒云展

看人群烂漫

话剧

深得人心

逆转

泪飞天

花满院

五千年的故事

随意编撰

谁都想看

这是戏院

何必当真

在舞台上客串

掉了一颗槽牙

滚落地面

那么洁白

那么耀眼

可惜那颗牙已经跑得很远

眼前

才知生命脆弱

又何难

帷幕拉开

表演

帷幕落下

谁的人生都得重演

泪花满天

给你我的手

——送 GJ

今夜繁华的街头

你在传媒大学路灯下

徘徊　眺望

逗留　忧愁

你在修复你疲惫的身心

心突然变得舒展

而温柔

好想

随缘地找个人手挽手

紧紧握住春秋

草原　山丘　心贴心

不要那么多手续

泪流

一起走

一直走

无尽头

秋韵 传媒附小

你不来　我不老

也许是一个承诺

也许是一个心愿

你不学　我不老

这是一份责任

这是一份虔诚

当你迈进这个校园

我就知道

身上艰难

你的步伐踩在我的心上

你的快乐写在老师脸上

好好学习

是你的希望

你不来　我不坏

你不把自己装点成

鲜花

我怎能学坏

因为

世界那么大

需要你去看看

我没有对你奢望太高

只要你学习

健康就好

传媒附小的老师和同学

搀扶着你走出班级

拽着你的手走进操场

满头大汗地给你背着书包

让我感动

让我落泪

让我此生不忘

传媒附小

是你人生的起航

是你一辈子都要感恩的地方

巴图沐仁　仔仔

你蹒跚的步履

是我的骄傲

你柔弱的双手

是你拖起未来的桨

你瘦弱的肩膀

是你自己人生的希望

感恩传媒附小

感恩传媒附小的老师

同学

美丽的校园

宽阔的操场

还有

一面飘在天空中的红旗

撒开手

人生如浊酒

喝过才知愁

辗转不入眠

眉头锁千秋

撒开手

泪欲流

奈何求

扯不断

情也愁

理还乱

心哭了

那个人

那个人　是个疯子
那个人　别人把他当成疯子　只有他自己说不是疯子
那个人　说自己是个疯子　可是别人不把他当成疯子
那个人　别人说他不是疯子
只有他自己说是疯子
那个人　真是个疯子　疯子也说自己不是疯子
那个人　是个疯子

九月　教师节

九月

一个美丽的声音

划开水和蓝天的清凉

老师

在这水天一色的清秋里

就是一首歌一幅画一首诗

老师　满怀深情　满怀期待

让孩子们开出圣洁的花朵

老师　大度　包容　厚重的馈赠

在三尺讲台上爱都给了学生

老师　在今天和未来之间

用真理和智慧把人才打造

甘露洒向茁壮成长的禾苗

九月

清澈的校园铃声里

一个个可爱的宝宝

走进校园知识的殿堂

带着无数的梦想和希望

托起明天的太阳

老师

珍珠班的纯洁心灵

每天手把手地教导

心贴着心地关怀

每个学生的成长都浸透着老师的心血　辛劳

九月

看花开花落

老师

看孩子们成功

教师

一个多么神圣的职业

用自己的爱换来孩子们快乐

而自己的孩子却是别人关怀

九月

欢喜的秋天

老师

痛并快乐的一天

九月

老师的劳累

会让祖国的花朵

在社会大家庭里

尽情绽放

硕果累累

爱　情

——送给 GBC

爱情就像海绵里的水

当你使劲挤压它的时候

爱情就会枯萎

爱情需要一个空间

需要一个时间的跨度

当爱情来临的时候

谁也无法用燕瘦环肥的标准

衡量

也无法用什么心灵的尺子

度量

爱情来了　就是来了

你说没来　它还是来了

你说它真的没来　可它真的是来了

爱情

是件美好的事情

但要看它的季节

它的风情

我相信爱情

虽然我总是被美丽的爱情

欺骗

可我还是坚信

也许是我感动了长生天

爱情也非常矜持地关注了我

我感谢演出

我感谢你的纯洁

我感谢你的真诚

我更感谢我的选择

无怨无悔地一往无前

只要你的心里永远

装着天下

小小的我

小小的巴图沐仁

小小的生活

我就愿意

天涯海角

海枯石烂

做一回

你是我人间的九月天

黑　色

你的眷恋打破了我的躯体
每个毛孔都冒出可怕的细胞
要吞噬掉整个街角
黑夜给了我黑色的梦想
我用黑色的梦想折磨我的天窗
一切归零
熟睡中的孩童呀
你怎么知道夜的疼痛
你怎么知道母体的安康
你又怎么知道父亲母亲
那蓬勃的身体里流淌着
红色的血液
有多少刺痛的忧伤
我不敢闭上我的眼睛
我怕
我怕你不能仗剑走天涯
我怕
你没有温暖的被窝
我怕
你再也没有可口的食物
无论夜多么黑
我都挣扎着睁开双眼

我要用黑色的夜幕

拉开明天的光明

夜

很静

心

很疼

什么时候才能看到属于你的光明

我流泪了

多么刚强的女人

她毕竟还是个女人

黑色的时光机

给我锻造

明亮的曙光

有太阳在

还怕什么黑色

我耸耸肩膀

去寻找明天的辉煌

有你

朋友　姐妹　友谊

曙光就在前方

冲破黑色的夜呀

等待

看到

莲花绽放

图书在版编目（ＣＩＰ）数据

耳语苍穹 / 娜仁朵兰著. -- 武汉：长江文艺出版
社，2017.12
ISBN 978-7-5702-0094-8

Ⅰ. ①耳… Ⅱ. ①娜… Ⅲ. ①诗集－中国—当代
Ⅳ. ①I227

中国版本图书馆 CIP 数据核字(2017)第 300078 号

责任编辑：沉　河　胡　璇　　　　　　责任校对：陈　琪
封面设计：云沐水涵　　　　　　　　　责任印制：邱　莉　　王光兴

出版：　长江出版传媒　　长江文艺出版社
地址：武汉市雄楚大街 268 号　　　　　邮编：430070
发行：长江文艺出版社
电话：027—87679360
http://www.cjlap.com
印刷：武汉市福成启铭彩色包装印刷有限公司

开本：880 毫米×1230 毫米　　　1/32　　印张：7.75　　插页：2 页
版次：2017 年 12 月第 1 版　　　　　2017 年 12 月第 1 次印刷
行数：4906 行

定价：39.00 元

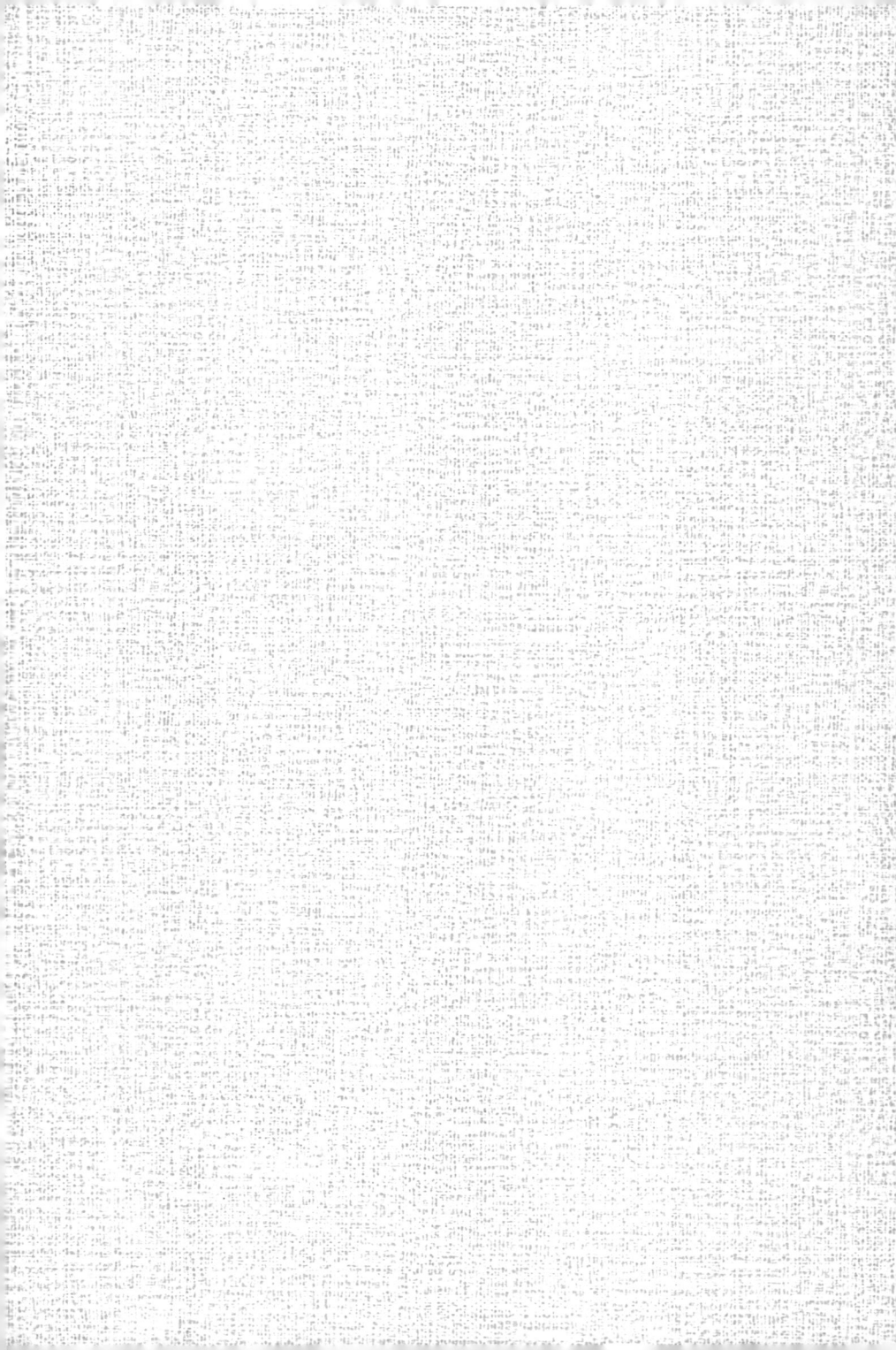